Marcel Hegetschweiler

Gratwanderung

Erzählung

Für Theo und Moritz

© 2024 Marcel Hegetschweiler
Lektorate: Valentin Herzog, Karin Schneuwly
Korrektorat: Markus Schmid
Illustration: Laura Herter
Buchgestaltung: Stephan Walter

Herstellung und Verlag: BoD – Books on Demand, Norderstedt
ISBN: 978-3-7583-7415-9

EINS

Drei Mal krächzte der Rabe. Bereits das erste Krächzen erreichte ihn in der Tiefe seines Traumes. Mit dem zweiten Krächzen spürte Albers Wendo den Wind auf seinem Gesicht, und beim dritten öffnete er seine Augen und blickte auf die Felder und Wiesen des weiten Tals, das sich vor ihm ausbreitete. «Wie lange habe ich wohl geschlafen?», dachte er und blickte auf seine Armbanduhr. Vor einer guten Stunde hatte ihn die Bergbahn auf dem Gipfel hinter ihm abgesetzt. Nachdem er eine Weile die Aussicht genossen hatte, hatte er sich auf einen Felsvorsprung gelegt, der ihn vom morgendlichen Hangaufwind abschirmte. Irgendwann musste er eingeschlafen sein. Er tastete nach seinem Rucksack, kramte einen Apfel hervor und biss hinein. Während er kaute, blickte er auf die Häuserwüste der Stadt am Fusse des Berges. Aus unzähligen Schornsteinen stiegen kleine weisse Rauchsäulen auf. Ab und zu trug der Wind ein Hupen zu seinem Felsvorsprung hinauf. Er blickte sich um, um den Raben, der ihn geweckt hatte, zu sehen, doch er konnte ihn nirgends finden.

Seit bald drei Jahren wohnte Wendo in der Stadt, die nun zu seinen Füssen lag. Noch nie hatte er es auf ihren Hausberg geschafft. Als er sich heute Morgen aus dem Bett gewunden hatte, entschied er spontan, die halbstündige Seilbahnfahrt auf sich zu nehmen, um diese Stadt endlich einmal von oben zu sehen. In den letzten drei Jahren hatte Albers ausser seinem Büro, seiner Wohnung, dem Fitnessstudio sowie ein paar Bars und Restaurants nicht viel gesehen. Albers Wendo war aufgrund eines Jobangebotes in die Stadt gekommen. Es hatte viel zu tun gegeben in den letzten drei Jahren. Seine Firma hatte ihn angestellt, um im Nachbarland mit einem neuen Produkt Fuss zu fassen. Zeit für anderes hatte es in den letzten drei Jahren kaum gegeben. Heute Morgen hatte ihn nun plötzlich das Gefühl befallen, als müsste er Abstand gewinnen. Albers war leistungsmüde geworden, doch konnte er dies selbst noch nicht erkennen. Irgendwann im Verlaufe der letzten drei Jahre hatte er die Deutungshoheit über die Geschehnisse in seinem Leben verloren. Er verstand zwar einwandfrei, was die Zahlen auf seinen Bildschirmen, die Worte seiner Geschäftspartner und die Sätze in den E-Mails und Rapporten seiner Mitarbeitenden bedeuteten. Aber warum er nach einem erfolgreichen Geschäftsabschluss, der ihn mehrere Monate harte Arbeit mit vielen Überstunden gekostet hatte, nicht wie alle anderen nach Hause in seine geräumige Loft in der Innenstadt wollte, verstand er nicht. Warum er nur ein schiefes Grinsen zustande brachte, wenn er versuchte, das Lächeln des jungen Zeitungsverkäufers vor seinem Haus zu erwidern, oder warum er es – obwohl er früher ein begeisterter Berggänger war – in den drei Jahren in dieser Stadt noch nie auf diesen Berg geschafft hatte, diese Dinge konnte er nicht deuten.

Es war, als würde das Leben, das bei Wendo vornehmlich aus Arbeit bestand, Albers Wendo bestimmen statt umgekehrt. Die Menschen, die etwas von ihm wissen wollten und die Zahlen auf seinen Bildschirmen bestimmten ihn. Je mehr Stellen die Zahlen anzeigten, desto ruhiger fühlte sich Albers. Je mehr Telefonanrufe er erhielt, desto gebrauchter fühlte er sich – obwohl ihm weder das Geld hinter den Zahlen noch die Menschen am anderen Ende der Telefonleitung wirklich etwas bedeuteten. Es waren die Deutungen der Datenanalyse-Software, die jeden seiner Klicks, jeden seiner Anrufe registrierten und analysierten, die ihm etwas bedeuteten. Aus vielstelligen Zahlen und einer hohen Anzahl von Anrufen, Anfragen oder Projekteingaben zeichneten diese Programme schöne Kurven; Kurven, die nach oben zeigten und in hellen und freundlichen Farben die Konferenzräume und Büros von denjenigen Menschen erleuchteten, die ihn dadurch als wichtig, gut, effizient – als wertvollen Wertschöpfungsfaktor erkannten. Deren Werterkenntnisse waren zum Treibstoff für seine Selbstwertschätzung geworden. Dabei war es weniger die direkte Anerkennung, wenn ihn sein direkter Vorgesetzter Fenon Hauker vor der versammelten Abteilung lobte und ihm für seinen Einsatz dankte, die Albers Wendo so gut tat. Es waren vielmehr die kleinen Gesten, wenn der alte Heino Kaspis, Vorsitzender des Verwaltungsrates der Medmeritum AG, mit einem sanften Lächeln die Lifttür für ihn aufhielt oder wenn ihm der sonst strikt Privat- und Geschäftsleben trennende Fenon Hauker beim Mittagessen unvermittelt von seinen beiden Töchtern zu erzählen begann. In solchen Momenten wusste er, dass seine Firma seinen Wert erkannt hatte und ihn zu schätzen wusste, dass sie ihm vertraute. In solchen Momenten fühlte er sich dazugehörig, war er davon überzeugt, dass er der Medmeritum AG etwas bedeutete, und dafür liess er sich gerne bewerten und verwerten. In solchen Momenten machte es Sinn, dass er damals in diese fremde Stadt in ein fremdes Land gekommen war und alles von heute auf morgen hinter sich gelassen hatte.

Als Albers Wendo vor drei Jahren sein Studium abgeschlossen hatte, hatte er nach wenigen Wochen drei Stellenangebote vor sich liegen. Er erinnerte sich an seinen Einstieg in die Berufswelt, während er die Überreste seines Apfels in hohem Bogen über die Kante des Felsvorsprunges warf, auf dem er sass. Das erste Stellenangebot war damals von seinem alten Arbeitgeber gekommen, für den er schon während seines Studiums gearbeitet hatte. Obwohl ihm sein damaliger Chef versprochen hatte, dass er ihm mehr Kompetenzen und Verantwortung übergeben würde, hatte ihn der Job als Verkaufsmanager in diesem Unternehmen nicht mehr gereizt. Er hatte es in- und auswendig kennengelernt. Wenn er ehrlich war, dann hätte ihn nicht mal der Posten seines Chefs in diesem Betrieb wirklich interessiert. Die

Kunden waren zu anspruchslos, das Geschäftsmodell zu sicher und die Prozesse zu eingefahren. Hier hätte er weder das Unternehmen noch sich selbst weiterentwickeln können. Das zweite Jobangebot hingegen war von einer jungen Firma auf einem schnell wachsenden Markt gekommen. Doch leider hatte Albers mit ihren Produkten gar nichts anfangen können. Das Unternehmen hatte eine Buchhaltungssoftware entwickelt, die das Online-Banking der entsprechenden Firma in deren Buchhaltungssoftware integrieren konnte. Jetzt war sie auf der Suche nach einem Betriebsökonomen, der dabei half, den Betrieb aufzubauen und auf dem Markt für Geschäftsapplikationen zu etablieren. Eine spannende Sache, ohne Zweifel, und obwohl Wendo sich als Betriebsökonom sowohl für diese Buchhaltungssoftware selbst als auch für die Aufgabe eines Geschäftsaufbaus interessierte, war ihm das Produkt Software zu wenig fassbar.

Albers Wendos Vater, Björn Wendo, war Maschinenmechaniker gewesen. Er hatte in der Garage seine eigene kleine Werkstatt und tüftelte dort Samstag für Samstag, bis er die Haushaltgeräte der Familie Wendo nach seinen Vorstellungen umgebaut hatte. Dies war bei Björns Frau nicht immer auf Begeisterung gestossen – sie hätte etwa lieber einen Staubsauger statt einen Staubbläser fürs Putzen verwendet – doch Albers Wendo liebte diese Samstage mit seinem Vater in der kleinen nach Öl und Holz duftenden Garage. Zuerst war er dafür verantwortlich gewesen, seinem Vater die richtigen Werkzeuge an die Hand zu geben, Schrauben zu sortieren, zu schleifen oder zu sägen. Später dann durfte er selbst kleinere Maschinen auseinandernehmen und wieder zusammenbauen; und als Albers zum Teenager herangereift war, war die Garage auch zu seiner Werkstatt geworden und die gemeinsamen Samstagnachmittage waren Vater und Sohn heilig geworden.

Als Albers sein Studium abgeschlossen hatte, war für ihn klar, dass er in einer Unternehmung arbeiten wollte, die greifbare, handfeste Produkte herstellte und dabei gleichzeitig genug gross war, um Aufstiegsmöglichkeiten und einflussreiche, mächtige Positionen zu bieten. Albers wollte an die Spitze, eine hohe Spitze, und er wollte den Weg dahin nicht missen. Eine Software war für Albers zu wenig greifbar. Aus diesem Grund hatte er auch dieses Stellenangebot ausgeschlagen und die Stelle bei der Medmeritum AG, der jungen Tochterfirma eines internationalen Technologie-Konzerns, angetreten.

Doch all dies lag zurzeit über sechshundert Höhenmeter unter Wendo, und seine Gedanken waren weit entfernt von Kaspis, Hauker und der Medmeritum Aktiengesellschaft. Gerade war Albers sehr angetan von diesem Berg und seiner Atmosphäre, ja es schien ihm geradezu unvorstellbar, wie es drei Jahre lang fertiggebracht hatte, seinen Kopf nie zu heben, um diesem prachtvollen Berg seine ungeteilte Aufmerksamkeit zu schenken. Ich sollte wieder öfter auf Berge steigen. Um Abstand zu kriegen. Dachte er sich. Die Vogelperspektive auf die Stadt, der frische Wind und die Menschenleere hier oben taten Wendo gut. Die Willensgier der Menschen in der Stadt, die sich in den Hochhäusern manifestierte, in den Glaspalästen der Innenstadt spiegelte, sich auf den Strassen- und Schienennetzen rund um die Uhr entrollte, lag nun unter ihm. Diese Willensgier, die die Menschen dazu brachte, sich in Gesprächen endlos um sich selbst zu drehen oder sich stundenlang durch die Informationen der virtuellen Weite zu klicken – und dabei die Weltweite vor ihren Fensterscheiben vergassen. Diesen Jagdtrieb nach einem erfüllten Leben, das alle Möglichkeiten genutzt und nichts verpasst, nichts ausgelassen hat, gab es hier oben nicht. Diesen Lebensdurst, der dem nie versiegenden Durst eines Rauschtrinkers glich, den jedes getrunkene Glas nur noch durstiger machte, verspürte er hier oben nicht. Die Lebensgier der Menschen in der Stadt da unten war zwar auch hier oben sicht- und hörbar, wurde aber von der Ruhe des Berges gedämpft und von seiner majestätischen Grösse auf Abstand gehalten. Schwere erzeugt man nicht durch Tempo und Stille, nicht durch Fülle, dachte sich Wendo und lehnte seinen Rücken an den kühlen Felsen. Hier oben, auf der Spitze des Berges, jenseits der Schubladen des sozialen Nahraums, gab es nur Wolken, Wind, Steine, eine alles überschaubar machende und relativierende Aussicht – und sein Bewusstsein, um all dies zu erfahren. Schloss Albers Wendo seine Augen, dann ging in der Schatzkammer seines Bewusstseins ein Licht an. Dann konnte er all seine Gedanken, Ideen, Gefühle und Intuitionen wahrnehmen. Er schloss die Augen, wartete, bis das Licht anging, und wusste, dass es nun an der Zeit war aufzubrechen. Weltling Wendo war vom Weltweg abgekommen und machte sich nun auf zum Höhen-weg, der ihn – dem Grat entlang – irgendwann wieder nach unten ins Tal, zurück zu seinem Leben bringen würde, zurück in die Stadt und zu ihren Menschen, zurück zu Hauker, Kaspis und der Medmeritum Aktiengesellschaft.

Z W E I

Albers stieg die letzten paar Meter hinter der Bergstation zum Berggrat hoch. Hier war er am höchsten Punkt seiner Wanderung angelangt. Von jetzt an würde es nur noch abwärts gehen. Beinahe senkrecht fielen die Felswände vor ihm über mehrere hundert Meter ab in die Tiefe. Die letzten Ausläufer der grauen Felswände mündeten in eine gelbgrüne Wiese mit vielen kleinen, bemoosten Felsbrocken. Noch weiter unten wurde die Wiese von einem Wald aus Kiefern, Fichten, Tannen und einigen wenigen kleinen Birken verschluckt, der ein wenig weiter hinten abbrach. Dort musste das bewaldete Plateau zu Ende sein, dachte sich Wendo und drehte sich um. Die Seite des Berges, auf der er mit der Gondelbahn hochgefahren war, bot einen freundlicheren Anblick. Sie senkte sich in gleichmässigen und sanften Wellenformen über Wiesen mit Polarweiden, Eisenhüten und Weidenröschen, bis sie kurz vor der Stadt vor einer Felswand endete.

Inzwischen hatte sich der Wind gelegt, die Sonne war beinahe am höchsten Punkt ihrer Tagesreise angekommen und strahlte von einem tiefdunkelblauen Himmel. Ein Wanderfalke segelte über Wendo hinweg und begann über der Bergspitze zu kreisen. Alber Wendos Plan war es, von hier dem Berggrat entlang hinunter ins Tal zu steigen. Wenn er seinen Weg richtig vorausgeplant hatte, sollte ihn der Grat über die erste Flanke des Berges auf das Plateau mit dem Nadelwald bringen. Dann würde ihn ein weiterer Grat über die zweite Flanke hinunter ins Tal bringen. Von dort aus waren es noch etwa zwei Stunden Wegzeit bis zu jenem Dorf, in dem er anschliessend übernachten wollte, um am nächsten Tag wieder in seine Stadt zurückzukehren.

Der Wegweiser neben der Bergstation deutete in dieselbe Richtung, in der sich auch der Grat des Berges sanft und gleichmässig in die Tiefe senkte. Früher war Albers öfter in den Bergen unterwegs gewesen; er hatte es geliebt, seinen eigenen Weg zu finden – querfeldein. Erst mit der Zeit hatte er die Führung der Pfade und Wege schätzen gelernt. Auf den Wanderwegen konnte er sich ganz aufs Sehen, Hören, Riechen, auf seinen Körper oder sein Denken konzentrieren. Wenn er hingegen seinen eigenen Weg im Gelände finden musste, dann blieb für solche Dinge wenig Zeit. Sein Sehen war dann für vorausschauende, auskundschaftende und rückversichernde Blicke reserviert. Sein Hören galt den Geräuschen des Berges und sein Denken kreiste um Routenziele, Routenwahlen, Schritttempi und die passende Auflagefläche für

13

den nächsten Fusstritt. War er aber auf Wanderwegen unterwegs, dann konnte er seine Sinne und seinen Geist schweifen lassen. Je besser die Beschaffenheit des Weges war, umso besser liess es sich mit Blicken oder in Gedanken schweifen. Begannen die Gedanken immer wieder um dieselben Dinge zu kreisen, konzentrierte er sich auf seinen Atem und versuchte die Gedanken ins Leere laufen zu lassen, ohne sie aufzuhalten. Ihm war aufgefallen, dass alle Arten von Gedanken die natürliche Tendenz zum Gehen hatten. «Ein Danke dem Gedanken!», rief Wendo laut zum Himmel. «Für sein Kommen und sein Gehen!»

Nach ein paar Minuten blickte er nochmals zurück zur Bergspitze und dem Felsvorsprung, auf dem er gerastet hatte. Höhepunkte und Bergspitzen teilten sich eine Gemeinsamkeit, dachte er, als er der Bergstation endgültig seinen Rücken kehrte: Man hielt sich dort meist nicht lange auf. Zwar hatte Albers einst gelesen, dass sich die sexuellen Höhepunkte von Schweinen bis zu einer halben Stunde hinziehen konnten. Andererseits waren seines Wissens die Zeniterreichungen bei Menschen – egal ob in sexueller, sportlicher, künstlerischer oder beruflicher Hinsicht – meistens schnell wieder vorbei. Sei es, weil die Natur es so wollte, ein anderer den höchsten Höhenflügler von der Spitze drängte oder weil schlicht der Treibstoff ausging. Auch die Aufenthalte auf Bergspitzen waren meistens nur von kurzer Dauer. Sei es, weil es die Natur mit ihren Licht- und Windverhältnissen so bestimmte, die nächste Seilschaft nachdrängte oder der Proviant ausgegangen war. «What goes up must come down» – den Gravitationsgesetzen schien niemand entkommen zu können. Ja, schien nicht letztendlich auch das Leben selbst dem gravitätischen Grundkonzept einer Bergwanderung zu folgen? Von der Geburt im fruchtbaren Talgrund stieg der junge Mensch den steinigen Berg soweit hoch, wie er konnte, um als erwachsener Mensch von der Berghöhe wieder hinunter in den schattigen

Grund zurückzukehren. Dieser dunkle, schattige Talboden, dieser Mutterschoss des Lebens, in dem sich Geburt und Tod so unergründlich zu vereinen schienen. Das Leben als ein Versuch, der Gravitation dieses Grundes soweit wie möglich zu entfliehen? Diesem Gedankengang entlang wandelnd, gelangte Wendo alsdann zur Frage, wo dann wohl der erste Talgrund liegen möge, aus dem das erste Leben, ja gar der Raum und die Zeit selbst ihren Anfang nahmen. «Früher hat man geglaubt, wenn alle Dinge aus der Welt verschwinden, so bleiben noch Raum und Zeit übrig; nach der Relativitätstheorie verschwinden diese aber mit den Dingen», hatte einst Albert Einstein auf die Frage eines Reporters nach seinem Bild des Kosmos sein Raum- und Zeit-Verständnis zusammengefasst. Doch musste der Raum und die Zeit nicht vor den Dingen existiert haben? «In welchen Raum sollte der Urknall dann wohl geknallt haben?», dachte sich Albers und sowieso, was oder wer hat wen nochmals beim Urknall geknallt? Wessen Kind war das Universum?

Albers Wendo kam gut voran. Er war nun bereits eine gute Stunde unterwegs, und der Weg führte ihn, immer noch sanft abfallend, dem Grat entlang in die Tiefe. Die grüngelben Wiesenstücke auf seiner rechten Seite waren inzwischen verschwunden. An ihre Stelle traten Geröllfelder mit allen Formen von kleinem und grossem Gestein, die immer wieder von schmalen Streifen mit gelbem Gras, grünorange bemoosten Steinen und grünem Buschwerk unterbrochen wurden. Hier musste Wendo seinen Schritt etwas verlangsamen, sein Blick konzentrierte sich dann auf die paar Meter vor seinen Wanderschuhen. Bereits als kleines Kind war Albers aufgefallen, dass sich auch in einem halben oder einem Viertelmeter des Bodens ganze Gebirge erstreckten. Selbst die kleinsten Gesteinsanordnungen hatten winzige Gebirgsmassive geformt, und was ihn zwanzig Schritte gekostet hatte, war für eine kleine

Ameise wohl bereits eine halbe Tagesreise mit vielen Abenteuern. Er hatte sich als Kind dann immer gefragt, was so ein kleines Tier, dessen Bewegungsradius sein ganzes Leben lang auf ein kleines Gebiet beschränkt blieb, für ein Raumempfinden haben musste. Bedeutete ihm dieses Geröllfeld die Welt? Konnte sich eine Maus des Nachts den Sternenhimmel ansehen? Empfand sie etwas dabei? Beeinflussten funkelnde Sterne das Raumempfinden einer Maus?

In die Gebirgswelten zu seinen Füssen vertieft, schritt Wendo weiter durchs Geröllfeld. Ab und an rutschte ein Stein unter seinen Füssen weg, kullerte noch ein wenig weiter, riss eventuell noch ein paar weitere Brocken mit sich. Dann krachte es ein paar Mal kurz und laut. Ansonsten herrschte Stille im Steinfeld. Von sich aus bewegen sich Steine nicht, dachte sich Wendo. Er war es, der die Steine in Bewegung versetzte, der die Ruhe störte. Albers blieb stehen und liess die Stille des Geröllfeldes auf sich wirken. Vielleicht störte der Mensch auch seine ihm innewohnende Ruhe durch seinen ständigen Bewegungsdrang? Vielleicht machte sich der Mensch sowieso zu viel aus Bewegung, aus Geschwindigkeit, aus Wegen und Zielen, überlegte Wendo. «Vielleicht habe auch ich mir zu viel aus Zielen gemacht in den letzten Jahren?», sagte Albers Wendo leise zu sich selbst. Seine Minuten, seine Stunden, seine Tage, seine Wochen, seine Monate – alle waren sie zielgebunden gewesen: Bis zu jenem Datum war dieser Geschäftsabschluss zu erledigen gewesen. Zu jener Stunde galt es diese oder jene Person zu treffen. Ja, war nicht auch er selbst seit seinem Stellenantritt bei der Medmeritum AG völlig zieldurchdrungen, zielgetränkt, zieltrunken gewesen? War er nicht völlig von der Vorstellung besessen gewesen, dass er in dieser Firma immer weiter aufsteigen würde? Wann hatte er das letzte Mal die süsse Frucht der Ziellosigkeit gekostet? Wann hatte er sich das letzte Mal treiben lassen? Sich plan- und ziellos dem Sein hingegeben? Wann hatte er das letzte Mal die Gnade besessen, nur wahrzunehmen und zu schauen? Waren denn nicht diese Steine um ihn herum, diese Felsen, dieser Berg genauso dem Leben ausgesetzt wie er? Doch im Gegensatz zu ihm, den seine Bedürfnisse bereits am Morgen von seiner Bettstatt wegtrieben, liess der Berg das Leben zu sich kommen. Er liess das Leben sich verändern, statt dass er das Leben veränderte. Er liess Wind, Regen, Schnee und Schwerkraft sich verändern, sich abtragen, sich vernichten. Der Mensch hingegen war zur Bewegung verdammt – und nicht nur das! Er war insbesondere zu einer zielgerichteten Bewegung verdammt. Ziellose Bewegungen waren dem Menschen zwar möglich, doch hafteten ihnen etwas In-effizientes, etwas Müssiges an – aus guten Gründen! Man flaniert erst ziellos, wenn man sich zuerst zielstrebig zum Kühlschrank oder der Tafel bewegt hatte. Niemand schlendert mit Hunger im Bauch oder Durst in der Kehle. Albers Wendo musste ans Schlaraffenland denken, in dem die Vögel den Menschen gebraten ins Maul fliegen sollten. Dort musste man sich nicht bewegen, dort konnte man vermutlich das Bergsein erleben, dachte er sich und musste plötzlich an die Bilder die-ser schwer übergewichtigen Menschen denken, die so dick waren, dass sie mit Kränen aus ihren Wohnungen geholt werden mussten. Die sind auch zu Bergen geworden, zu Fettbergen, die sich – im Gegensatz zu den echten Bergen –nicht durch die Witterung abtragen liessen. «Nein, es ist klar: Der Mensch muss sich bewegen und eine Bewegung ohne Ziel gibt es erst, wenn Hunger, Durst und sonstige Bedürfnisse gestillt worden sind», dozierte Wendo den schweigenden Steinen. Doch war der Mensch frei, sich seine Ziele selbst zu wählen – ob McDonald's oder vegetarisches Restaurant, ob Bergquelle oder Bierschwemme, ob Medmeritum AG oder Gratwanderung – es stand dem Menschen grundsätzlich frei, wohin er seine Schritte lenken wollte. Er konnte seine Ziele selbst setzen. Bis auf das letzte Ziel, die letzte Ziellinie, über die alle Menschen irgendwann kommen werden, egal welche Um- und Abwege sie in ihrem Leben auch einschlugen. Dieses Ziel musste der Mensch nicht anpeilen, er musste es nicht suchen – es kam zu ihm. Der Mensch konnte sich Ziele setzen, konnte sie durch sein Fadenkreuz anpeilen, doch die wahren Ziele gab das Leben den Menschen selbst vor. Es war das Leben, das den Menschen ihre wahren Ziele vorsetzte und nicht umgekehrt: Begabungen, Beeinträchtigungen, Unfälle, Krankheiten, Kinderglück, Kinderunglück, Karriereglück, Karriereunglück, Siege, Niederlagen. Die Rolle des Schicksals war es, dem Menschen diese Ziele zuzuweisen. Wenn das Schicksal zuschlug, dann hatte das Ziel das Fadenkreuz gefunden und der Mensch tat gut daran, seine Navigationsinstrumente auf dieses vom Leben vorgesetzte Ziel einzustellen, um seinen Weg dahin zu machen. Vielleicht waren die Wege, die zu jenen Zielen führten, die das Schicksal dem Menschen vorgab, sogar die sichersten Wege überhaupt, und vielleicht war der Tod der todsicherste letzte Schlag des Schicksals, überkam es Albers plötzlich. Und der Selbstmörder, der Selbsttöter ist einer, der nicht mehr auf diesen letzten Schlag in diesem ungleichen Kampf zwischen Mensch und Tod warten wollte. Denn es war immer der Tod, der die Menschen schoss und nicht die Menschen den Tod. Der Mensch konnte den Tod nicht töten. Der Tod, dieses dunkle Ende, hatte den Menschen von seiner Geburt an im Fadenkreuz und nur er wusste, wann er den Abzug drücken würde.

Vielleicht hat der Tod meine Kugel aber auch schon abgefeuert, dachte sich Albers Wendo. Vielleicht schoss der Tod seine tödliche Kugel bereits bei der Geburt eines Menschen ab und die Zeit, die verging, bis die Kugel in ihr Ziel einschlug, war die Zeit, die uns Menschen auf Erden blieb – unsere Lebenszeit.

DREI

Die Sonne stand nun senkrecht über dem Grat, auf dem Albers ging. Erbarmungslos brannte sie auf das Geröllfeld nieder, das links und rechts von ihm in die Tiefe abfiel. Sein Schatten war verschwunden, die Hitze kroch in seine Schuhe, der Schweiss rann in seine Unterhose. Das Buschwerk und die letzten Streifen gelben, vertrockneten Grases hatten sich verabschiedet. Ihm war, als gäbe es nur noch grauen Stein und blauen Himmel.

Als Albers seinen Blick hob, sah er einen grossen Felsen vor sich auf dem Weg liegen. Darauf glaubte er etwas Rotes zu erkennen. Als er näher kam, bemerkte er, dass der rote Punkt eine Mütze war, die zu einem Menschen gehörte, der es sich oben auf dem Felsen in der Sonne bequem gemacht hatte. Als er beim Felsen angekommen war, begann der Mensch zu sprechen.

«Beinahe gleich alt wie die Erde, aber 100 Mal grösser und 1'300 Mal schwerer», tönte es vom Felsen hinunter. Albers blieb stehen und blinzelte hoch ins Sonnenlicht. «Sie ist unser Zentrum. Sie hält uns auf der Bahn. Alles dreht sich um sie.» Mit einem Satz sprang die Gestalt vom Felsen herunter und landete direkt vor Wendos Füssen, wo sie ihren Sprung mit einer schnellen und geübten Kniebeugung abfederte. Das Männchen richtete sich langsam vor Albers Wendo auf. Es reichte ihm, der mit seinen 1.70 m auch nicht besonders gross war, kaum bis zum Kinn. Die Füsse des Männchens steckten in monströsen, schwarzen und klobigen Bergschuhen, darüber trug es abgewetzte Bluejeans, über denen sich ein nackter und sonnengegerbter, sehniger Oberkörper streckte. Obwohl er solche tiefbraunen und muskulösen Oberkörper kannte – im letzten Sommer hatten einige portugiesische Strassenarbeiter unter seinem Bürofenster zwei Monate lang die

Strasse aufgerissen und wieder zugeschüttet – versetzten sie ihn immer noch in Erstaunen. Wie viele Sommer mit noch mehr Sonnenstunden mussten wohl vergehen, bis sich die Haut solchen Tiefenbräunungen ergab? Unter der roten Schirmmütze, die schon einige Sonnenstunden, aber ebenso viele Regenschauer erlebt zu haben schien, blitzten Albers zwei wache kleine Äuglein entgegen.

«In jeder Sekunde wandelt der Nuklearreaktor in ihrem Innern über 500 Millionen Tonnen Wasserstoff in Helium um», fuhr das Männchen fort. «Sie gibt uns Licht und Wärme. Innerhalb einer halben Stunde schicken uns ihre Strahlen so viel Energie auf die Erde, wie wir auf unserem Planeten innerhalb eines Jahres verbrauchen, und entgegen unseren täglichen Beobachtungen geht sie nie unter, wird aber irgendwann explodieren.»

«Ich nehme an, Sie sprechen von diesem Feuerkügelchen direkt über uns, das unsereiner derzeit gerade so schwitzen lässt?», unterbrach ihn Wendo.

«Feuerkügelchen?», antwortete ihm das Männchen erstaunt und musterte ihn von oben bis unten. «Ich glaube, der Herr weiss nicht, mit wem er es hier zu tun hat», fuhr die rote Mütze in höchster Erregung fort. «Ohne dieses ‹Feuerkügelchen› – wie Sie es nennen – wären weder Sie noch ich hier. Vielleicht gäbe es ein paar Bakterien in nachtumhülltem Gestein oder finsterem ewigem Eis, aber ansonsten wäre hier nichts, nada, niente! Kein Grün, kein Blau, nur ewiges Dunkel über kaltem, hartem Gestein oder Eis – falls überhaupt.»

«Möchten Sie mir damit sagen, dass ich es unserem … hmm … ich will jetzt nichts Falsches sagen … ‹sonnigen Zentrum› an Respekt habe fehlen lassen?»

«Auf jeden Fall, mein Herr», gab das Männchen spitz zurück. «Und damit sind Sie bei Weitem nicht allein. Das sine qua non für uns Menschen ist dem zeitgenössischen Menschen ja gar nicht mehr bewusst. Seit unsere Vorfahren durch die Elektrizität befähigt wurden, die Nächte zu Tagen werden zu lassen, ist die zentrale Stellung der Sonne für den Menschen immer mehr in den Hintergrund gerückt und damit auch der Respekt und die Ehrbezeugung für diese Grundkraft. Heutzutage verehren die Menschen die falschen Sterne. Sie verehren Menschen: Eingebildete, selbstsüchtige Menschen, deren grösste Leistung darin besteht, gut auszuschauen, und deren Glanz erlischt, sobald man den Geräten, auf denen sie erscheinen, den Stecker zieht. Dem echten Stern in unserem Zentrum hingegen, dem kann niemand den Stecker ziehen, doch er gerät in Verruf, weil die Menschen denken, dass seine Strahlen Krebs verursachen. Dabei sind es die Menschen selbst, die sich durch die Sonne verbrennen lassen und damit das Krebsrisiko erhöhen oder zu wenig in die Sonne gehen und darauf an Folgekrankheiten von Sonnenmangel erkranken – wobei letzteres gemäss Statistik übrigens öfter der Fall sein soll als ersteres.»

«Sie sind also der Ansicht, dass wir die Sonne zu wenig würdigen?»

«Sonnenklar. Die früheren Kulturen hatten viel mehr Verständnis für die Schönheit und die Nützlichkeit, aber auch die Gefahren der Sonnenkraft. Für viele war sie gar die Verkörperung einer zentralen, wenn nicht der höchsten Gottheit. Die Sonne kennt unter den Menschen viele Namen: Aton, Huitzilopochtli, Sunna, Helios, Mithra und viele mehr. Diese früheren Kulturen haben der conditio sine qua non der Sonne viel mehr Respekt entgegengebracht als die Menschen heutzutage.»

«Ausser Ikarus und Phaeton. Die liessen den Respekt vor der Sonnenkraft missen. Der Erstere vergass vor lauter Übermut die Gefahren der Sonnenkraft und stürzte ab. Der Zweite überschätzte die Kraft eines Sterblichen, verbrannte die Erde mit den Strahlen der Sonne und schlussendlich auch sich selbst.»

«Exakt», erwiderte das Männchen und blinzelte Wendo aus zusammengekniffenen Augen an. Er war offensichtlich erstaunt über das Sonnenwissen des Fremden, der hier – in der Gluthitze der Hochsonne – so unbedarft durchs Geröllfeld stakste.

«Doch in beiden Beispielen war die Tragödie menschengemacht. Die Sonne zieht ihre Bahnen seit Anbeginn immer mehr oder weniger gleich und unbeirrt. Dabei scheint sie, wie es Samuel Beckett ausdrückte, wahllos auf das Immergleiche. Die Wahrscheinlichkeit, dass sie dies – von gelegentlichen Sonnenstürmen und Sonnenfinsternissen abgesehen – auch in tausend Jahren noch genau gleich tun wird, ist sehr hoch.»

«Nur bei uns selbst sind wir da nicht so sicher?»

«Nein», antwortete das Männchen und begann an Albers vorbei ein Loch in die vor Hitze schwirrende Luft des Geröllfeldes zu starren. «Nein, wir Menschen sind der Ansicht, dass wir uns nicht im Kreis bewegen, sondern auf einer Geraden, auf der es immerzu fortschrittlich in Neues geht, dass wir uns weiterentwickeln, dass wir Neues schaffen – oder dass wir uns vernichten.»

«Und das realisiert die Sonne einfach nicht – geht es nach Beckett?»

«Sie sieht in unserem Tun und unseren Entwicklungen wohl einfach nichts Neues … », sagte das Männchen und versank wieder in seinen Starrblick.

«Nun, die Chancen, dass die Sonne wieder zu alten Ehren zurückfinden wird, stehen momentan ja nicht schlecht, bedenkt man, wie die Verwendung von fossilen Brennstoffen aufgrund der damit einhergehenden Verschärfung des Klimawandels immer unbeliebter wird», versuchte Albers die plötzlich eingekehrte Stille zu vertreiben und die Diskussion wieder in Fahrt zu bringen. Ihm gefiel das Männchen als euphorischer Sonnenfürsprecher besser denn als stiller Melancholiker.

«Genau!», rief das Männchen eifrig und begann von einem Bein aufs andere zu hüpfen. «Und diese fossilen Brennstoffe sind ja auch wiederum nur gespeicherte Sonnenenergie. Die Umwandlung der Sonnenkraft beherrschen wir ja bereits. Jetzt müssen wir nur noch lernen, sie abzuspeichern.» Er blickte zur Sonne hoch, kniff dabei die Augen zusammen und zuckte leicht zusammen. «Entschuldigen Sie, mein Herr, ich muss weiter, die Schatten wachsen wieder. Die Sonnenzeit ist gnadenlos und kennt kein Pardon.»

«Wie meinen Sie das?»

«Ach Herrje», seufzte das Männchen und verdrehte die Augen. «Ihrem Sonnenwissen mangelt es an den zentralsten Grundsätzen! Nun denn, ich werde es Ihnen erklären. Es ist der Lauf der Sonne, der unsere Zeit schafft. Nebst ihrer Kraft ist es die Konstanz und die Unbeirrbarkeit des Sonnenlaufs, die uns Menschen das Glück bringen. Dem Menschen scheint es ständig, dass es ihm an Zeit mangle. Darum wird er zeitgeizig. Er hat für nichts mehr Musse und hetzt darum von einem Punkt zum anderen. Die Sonne hingegen kennt keinen Zeitgeiz. Sie zieht jeden Tag auf ihrer Bahn dahin. Ihre Disziplin erinnert uns daran, unsere Tage wohlüberlegt zu planen. Sie ist unser Anker, unsere Inspiration, unser Vorbild. Mit jedem Blick zu ihr können wir bedenken, dass es das Sonnenlicht ist, dass die mögliche Anzahl unserer Schritte vorgibt und nicht der Mensch, sonst tappen wir im Dunkeln. Durch ihren Lauf entstehen die Tage, die Monate, die Jahreszeiten, die Jahre, die Jahrhunderte, die Jahrtausende. Jeden Morgen verkündet das Morgenrot, die Schwester der Sonne, über diesem Bergkamm dort hinten die Ankunft der Sonne. Wenig später schiebt sie sich brennend und flackernd über den Grat, um mich abzuholen. Jeden Tag gibt sie mir die Chance, mit ihr zu ziehen, von leicht und hell zu schwer und dunkel. Jeden Morgen wird sie pünktlich dort sein, um mich abzuholen, doch sie wird nicht auf mich warten. Es liegt an mir, meine Schritte im Tageslicht wohl überlegt zu planen und zur rechten Zeit bereit zu sein, sie zu begrüssen, mit ihr durch meinen Tag zu ziehen, um sie am Abend wieder zu verabschieden. Sie ist meine Zeit, ihr Licht erhellt meinen Tag, ihre Wärme verleiht mir meine Kraft.»

Nachdem das Männchen seine Rede beendet hatte, blinzelte Wendo nach oben in die Sonne – als er seinen Kopf wieder senkte, war das Männchen verschwunden. Er ging rund um den Felsen herum, liess seinen Blick mehrmals über das Geröllfeld gleiten, doch das Männchen blieb verschwunden, vom Erdboden, vom Geröll verschluckt. ‹Ich muss weiter, die Schatten wachsen wieder›, hatte es gesagt. Wohin es wohl entschwunden war? Vielleicht gab es irgendwo einen unterirdischen Gang in diesem Geröllfeld? Eine unterirdische Höhle? Vielleicht ein ganzes Höhlensystem? Wendo umrundete noch mehrmals den Felsen in immer grösseren Kreisen, dabei achtete er darauf, ob nicht irgendwo ein Loch oder eine Felsspalte das mysteriöse Verschwinden des Männchens hätte erklären können, doch er fand nichts.

Die Sonne hatte mittlerweile ihren Zenit überschritten, und der Felsen, auf dem das Sonnenmännchen gelegen hatte, begann seinen dunklen Schatten auf die ersten umliegenden Steine zu werfen. Albers schulterte seinen Rucksack, warf nochmals einen letzten Blick über das Geröllfeld und setzte seinen Weg fort.

VIER

Albers Wendo hatte das Geröll hinter sich gelassen. Die Abhänge zu seiner Linken und zu seiner Rechten waren zu grüngelben Bergwiesen geworden, auf denen diverse Flugobjekte wild durcheinander summten und flatterten. Nur vereinzelte Felsstücke und Gesteinsbrocken erinnerten noch an das Geröll weiter oben am Hang. Der Wanderweg folgte weiterhin dem Berggrat, der nun sanft abfallend auf das bewaldete Plateau zuführte. Nicht mehr lange, und ich werde im kühlen Schatten des Tannenwaldes wandern können, dachte er sich und war froh, der Gluthitze der Sonne bald entkommen zu können.

Das Männchen aus dem Geröllfeld nahm seine Gedanken in Beschlag. Was war das für ein Kerlchen? Woher kam es, wohin ging es, was tat es dort oben? Noch viel mehr beschäftigten Wendo allerdings die Worte, die das Männchen gesprochen hatte. Gerne hätte er den Wicht noch ein wenig über die Schatten ausgefragt. Seit die Sonne über den Grat gezogen war, liess sie den Berg langsam seinen mächtigen Schatten in die Bergmatten zu seiner Linken wachsen. Dem Schatten des Berges folgte seine eigene Bergkühle. Langsam, doch unaufhaltsam gewann sie Zentimeter um Zentimeter das Erd- und Luftreich für sich zurück.

Wendo konnte die Faszination des Männchens für die Sonne nachvollziehen. Sie gebar Licht und Schatten, während sie selbst vom Schatten unbefleckt blieb. Für das Entstehen und Vergehen, das Wachsen und Schrumpfen der Schatten waren die Bewegungen der Planeten verantwortlich. Würde die Erde sich nicht um sich selbst drehen, dann gäbe es keinen Tag- und Nachtwechsel, und würde sie nicht mit einer schräggestellten Erdachse um die Sonne kreisen, dann gäbe es keine Jahreszeiten. Wendo erkannte, dass die Dualität von Licht und Schatten das Universum sowie das Leben seiner Bewohner durchdrang: Hell und Dunkel gebaren Tag und Nacht. Sonne und Mond, Tag und Nacht, Leben und Tod – das Prinzip von Licht und Dunkelheit erschien ihm als der natürliche Rhythmus des Sonnensystems, das Mit- und gleichzeitige Gegeneinander von Dunkel und Hell als eine der ältesten Geschichten des Universums, mit der tiefsten Erklärungskraft.

Albers Wendo dachte an sein Leben, das in den letzten drei Jahren nur aus seiner Firma bestanden hatte. Auch dort hatte es helle Momente gegeben. Die Medmeritum AG, eine Tochterfirma eines der grössten internationalen Technologiekonzerne, stellte Geräte für die medizinische bildgebende Diagnostik her und vertrieb sie auch selbst. Bereits die herkömmlichen bildgebenden Verfahren, die Ultraschall und Röntgenstrahlung verwendeten, waren in der Medizin sehr beliebt, da sie den Ärzten eine frühzeitige Diagnose ohne medizinische Eingriffe erlaubten. Die späteren fortgeschrittenen Verfahren wie die Magnetresonanztomographie oder die Computertomographie waren schneller und leistungsfähiger und lieferten insbesondere immer bessere Bilder. Den 3D-Bildern von ungeborenen Kindern im Mutterleib folgten 3D-Darstellungen in Echtzeit. Mit der 4D-Flussbildgebung wurde es dann unter anderem möglich, den Durchfluss des Blutes durch die Lebergefässe zu analysieren. In der Folge konnten Ärzte zum Beispiel genauer feststellen, in welchem Stadium sich eine Leberzirrhose befand. Aufgrund dieser technologischen Entwicklungen benötigten die Hersteller von Produkten der medizinischen Diagnostik nebst der Expertise in der biomedizinischen Technik verstärkt Wissen aus der medizinischen Informatik – insbesondere im Bereich der digitalen Bildverarbeitung und Computergrafiken. Die fortschreitende Digitalisierung von Patientendaten im Gesundheitswesen machte gleichzeitig die Aufbewahrung der durch die bildgebenden Verfahren gewonnenen Daten und Bilder zu einem zentralen Thema. Die anschliessende Aufbereitung und Übermittelung dieser Daten und Bilder an das dazu berechtigte medizinische Personal war mit vielen sicherheitstechnischen und gesetzlichen Fragestellungen verbunden, welche die Hersteller mit Vorteil bereits bei der Entwicklung ihrer Geräte bedachten, um die Anschlussfähigkeit ihrer Geräte an andere Computersysteme sicherzustellen.

In seiner Funktion als Gebietsmanager hatte Albers Wendo vor drei Jahren den Auftrag gefasst, mit der Medmeritum AG im Nachbarland auf dem Absatzmarkt für Medizinaltechnik Fuss zu fassen. Dies war dem Unternehmen bis anhin – trotz mehrerer Versuche – noch nicht richtig gelungen. Das Nachbarland war nur gut 50'000 Quadratkilometer grösser als das Ursprungsland der Medmeritum AG, hatte aber beinahe doppelt so viele Einwohner. Aus diesem Grund verfügte das Land auch über mehr Anbieter von gesundheitlichen Dienstleistungen, die – insofern sie die Dienstleistung der medizinischen Diagnostik anboten – für seine Firma alles potenzielle Kunden waren. Die Gesundheitswesen beider Länder waren staatlich organisiert. Private Anbieter existierten zwar, hatten aber in beiden Ländern keine grosse Bedeutung. Nebst den rund 300 Gesundheitszentren des Nachbarlandes hatte es die Medmeritum AG insbesondere auf die gut 60 Krankenhäuser abgesehen, von denen beinahe alle über Abteilungen verfügten, welche die bildgebende Diagnostik einsetzten. Die Hospitäler des Nachbarlandes wurden von den jeweiligen Provinzen geführt, hatten aber in den letzten fünfzig Jahren immer mehr Selbständigkeit erlangt. Diese Autonomie stellte sowohl die Regierungen der Provinzen als auch die Zentralregierung bei der Implementierung der von ihr beschlossenen E-Health-Strategie vor Herausforderungen. Das Ziel dieser Strategie des Nachbarlandes war die elektronische Vernetzung der verschiedenen Anbieter des öffentlichen Gesundheitswesens. Medizinische Daten von Patienten sollten möglichst rasch zu denjenigen Apotheken, Ärzten oder Klinikabteilungen gelangen können, die sie benötigten. Viele dieser Provinzverwaltungen hatten sich in den letzten fünfzig Jahren jedoch nach und nach aus dem operativen Geschäft der Spitäler zurückgezogen, überliessen Planung, Einkauf und Unterhalt den jeweiligen Gesundheitszentren und Spitälern und schlossen mit diesen stattdessen Leistungsvereinbarungen ab. Diese Autonomie der Gesundheitszentren und Kliniken gestaltete die Einführung von zwischen den medizinischen Einrichtungen kompatiblen Informatiklösungen, auf welche die allgemeine E-Health-Strategie hinauslief, oft schwierig. Die Gesundheitsanbieter hatten ihre eigenen individuellen IT-Architekturen und Strukturen entwickelt, die sie ungern wieder veränderten, um sich mit anderen Gesundheitsanbietern zu vernetzen.

Vor diesem Hintergrund erhielt Albers Wendo vor drei Jahren bei seinem Stellenantritt bei der Medmeritum von seinem neuen Arbeitgeber den Auftrag, mit der Provinzregierung der bevölkerungsreichsten Provinz des Nachbarlandes in Verhandlungen zu treten. Diese wollte ihre zwölf Spitäler mit neuen Magnetresonanztomographen ausrüsten, die alle vom selben Hersteller kommen sollten. Auch für eine Tochterfirma eines der grössten Technologiekonzerne der Welt ein grosser und prestigeträchtiger Auftrag. Aus diesen Gründen war die Medmeritum AG auch nicht das einzige Unternehmen, das sich für diesen Ausrüstungsvertrag interessierte. Selbstverständlich kannten die zwölf Spitäler den Mutterkonzern seiner Firma. Viele von ihnen griffen in anderen Bereichen gerne auf dessen Produkte zurück. Doch als Hersteller von medizinaltechnischen bildgebenden Geräten war dieser bis anhin noch nicht in Erscheinung getreten und dementsprechend unbekannt war der Name Medmeritum AG im Zusammenhang mit Magnetresonanztomographen. Dies sprach gegen Wendos Unternehmen. Hier hatten die anderen Bewerber einen klaren Vorteil. Sie konnten auf ihre langjährige Zusammenarbeit in Sachen Magnetresonanztomographen mit vielen Provinzspitälern verweisen. Die Medmeritum AG hingegen verfügte über eine ausgezeichnete Entwicklungsabteilung. Schon bevor Albers in die Firma eintrat, hatte sich das Unternehmen bemüht, die besten Medizininformatiker und

Biomedizintechniker für sich zu gewinnen und in einer gemeinsamen Abteilung nach ihren Ideen und Visionen zusammenarbeiten zu lassen. Dies hatte in den vergangenen Jahren in einigen wegweisenden technologischen Erfindungen und Erneuerungen resultiert – unter anderem in der Entwicklung des MRPE-998, einem Magnetresonanztomographen der neuesten Generation. Diesen sollte Albers Wendo nun vermarkten, indem er die Spitäler von dieser Maschine überzeugte. Nach einem guten Jahr mit vielen Demonstrationen, intensiven Verhandlungen in diversen Besetzungen, mit Ausschüssen und Gremien der Spitäler, Verwaltungsvorsitzenden und Politikern hatte Wendo die Verantwortlichen davon überzeugen können, dass sein Unternehmen die beste Wahl als Ausrüster der 12 Provinzspitäler mit Magnetresonanztomographen war. Die Medmeritum AG bekam den Zuschlag und durfte ihre MRPE-998 in den Spitälern installieren und in den kommenden Jahren unterhalten und warten.

Nach knapp zwei Jahren in der Firma einen solchen Erfolg vorweisen zu können, war für Albers grossartig und selbstverständlich drang seine Erfolgsgeschichte bis an die Spitze des Mutterkonzerns. Er wurde damit beauftragt, weitere Provinzen des Nachbarlandes und deren Spitäler als Kunden für den MRPE-998 zu gewinnen. Dieser Vertragsabschluss mit der Provinz und ihren zwölf Spitälern war der hellste Moment in seiner jungen Karriere bei der Medmeritum AG, ja sicherlich einer der hellsten Momente seines Lebens. Doch der Dualität von Licht und Schatten war schwer zu entrinnen, und so folgte ein halbes Jahr später, an einem Montagmorgen, ein ebenso dunkler Moment seiner Managerkarriere, der ihn bis auf den heutigen Tag beschäftigen sollte.

FÜNF

Albers Wendo hatte unterdessen das Plateau erreicht und der Tannenwald hatte ihn verschluckt. Im Schatten des Waldes war es angenehm kühl. Ein sanfter Wind strich um die hohen Wipfel und liess die Tannenspitzen mit einem sanften Rauschen sich leicht hin- und her bewegen. Wendo musste seine Sonnenbrille abnehmen, um in den Wald neben dem Weg hineinblicken zu können. Wie auf den Bergwiesen lagen auch hier viele grössere und kleinere Felsstücke, bemoost und mit unterschiedlichen Grüntönen bewachsen, zwischen den Baumstämmen herum. Auf einigen von ihnen wuchsen kleine Tannen in die Höhe. Das Sonnenlicht flutete den schattigen Wald, seine Strahlen schienen Lichtfenster und Lichtkorridore zwischen die Bäume zu zeichnen. Der Waldweg schlängelte sich über kleine Anhöhen und Tiefen durch den verwachsenen Wald.

Die Ruhe liess Albers einige Male stillstehen und die Augen schliessen. Für einen kurzen Moment wurde es dann auch in seinem Kopf still. Sein Geist leerte sich langsam, die Gedanken verflogen. Wie der Pfeil auf dem Computerbildschirm stehen blieb, wenn die Hand die Computermaus nicht mehr bewegte, so blieb auch Wendos Aufmerksamkeit in seinem Bewusstsein stehen, wenn sein Wille sie losliess. Und wie die Augen beginnen konnten, den ganzen Bildschirm und seine Inhalte wahrzunehmen, wenn die Hand die Maus nicht mehr bewegte, so begann sich auch seine Wahrnehmung langsam über seinen Geist und seine Sinne auszubreiten. Er wurde dann zu einem nicht teilnehmenden Beobachter – bis der Quellgrund seines Bewusstseins wieder zu sprudeln begann und seine Aufmerksamkeit von den aufsteigenden Bewusstseinsinhalten aus seinem Gehirn in Beschlag genommen wurde. Von Zeit zu Zeit legte dieser Quellgrund eine – mal längere und mal kürzere – Sprudelpause ein. Doch Wendo wusste, irgendwann würde er wieder versuchen seine Aufmerksamkeit mit Sinneseindrücken, Gefühlen, Phantasien, Gedanken oder Erinnerungen zu erobern. Dies gelang dem in den Tiefen seines Bewusstseins gelegenen Quellgrund meist so gut, dass er oft erst viel später realisierte, dass dieser ihn wieder festgezaubert und seine Aufmerksamkeit sich wieder dem Spüren, Hören, Sehen, Schmecken, Fühlen, Erinnern, Denken oder Imaginieren gewidmet hatte.

So verstrickte der tief in seinem Geist verborgene Quellgrund seines Bewusstseins Albers Wendo bereits nach kurzer Zeit des stillen Wanderns im Schatten der Tannen in die Erinnerungen an jenen dunklen Montagmorgen vor einem halben Jahr, als sich erste Schatten auf seine bis dahin lichterfüllte Laufbahn bei der Medmeritum AG zu legen begonnen hatten. Bis zu jenem Morgen hatte er den Eindruck gehabt, als würde es in seinem Team gut laufen. Als Leiter des Vertriebs hatte er eine Gruppe von zwölf Mitarbeitenden geführt. Das Team hatte sich regelmässig zu gemeinsamen Sitzungen getroffen, man hatte sich oft und gerne miteinander ausgetauscht, andere um Rat oder Einschätzungen gefragt. Wendo hatte sich bemüht, seine geplanten Schritte frühzeitig zu kommunizieren und die Meinungen aus dem Team in Erfahrung zu bringen, hatte aber schlussendlich oft selbst entschieden, welchen Weg das Team gehen würde und was die nächsten Schritte sein sollten. Auch hatte er meist darauf verzichtet, Begründungen und Erklärungen für seine Entscheidungen abzugeben, was – das wusste er mittlerweile – ein Fehler gewesen war. Doch in jenem ersten halben Jahr bei der Medmeritum AG war er damit beschäftigt gewesen, die Abläufe und Vorgehen des Unternehmens zu verstehen und sich in den Betrieb einzuarbeiten. Gleichzeitig stand der Ausrüstungsauftrag mit der Provinz des Nachbarlandes im Raum, den er an Land ziehen wollte.

Oft blieb für Begründungen seiner Entscheidungen und das nachfolgende Einholen der Meinungen aus seinem Team zu den Folgen seiner Entscheidungen wenig Zeit. Hinzu kam, dass Albers Wendo damals viele Dinge, zu viele Dinge, selbst entscheiden und erledigen wollte. Er kannte sein Team noch nicht, wusste nicht, wen er wo selbständig arbeiten lassen konnte und wem er wo klare Anweisungen geben musste. Die meisten Leute in seinem Team waren jedoch vor ihrer Anstellung bei der Medmeritum langjährige Mitarbeiter im Mutterkonzern gewesen. Dort hatten sie bereits Jahre – teilweise sogar Jahrzehnte – miteinander gearbeitet. Sie waren es gewohnt gewesen, von ihren Vorgesetzten in Entscheidungsprozesse einbezogen zu werden und Entscheidungen mitzufällen. So kam es, dass sich der zu Beginn für Wendo günstige Wind im Team bald gegen ihn zu drehen begann.

Schliesslich war es Sarah Vegonah, die in Albers Vertriebsteam zuständig für die Finanzen gewesen war und den Reigen eröffnet hatte, indem sie an jenem dunklen, verhängnisvollen Morgen an Wendos Bürotür geklopft und ihn um eine interne Versetzung gebeten hatte. Sie war nicht die einzige, die in jener Woche mit schlechten Nachrichten an seine Tür klopfen sollte. Vegonah folgten zwei weitere Mitarbeiter – unter ihnen auch Magnus Enosklap, sein Assistent und engster Mitarbeiter – die ihm beide ihre Kündigungen eröffneten. Alle drei hatten im Kern dieselbe Begründung und bei allen dreien bemerkte Wendo nach kurzer Zeit, dass ihre Entscheide endgültig waren und er sie sicher verlieren würde, ganz gleich, was er ihnen auch anbieten würde. Alle kritisierten, dass Albers Wendo sie zu wenig über seine Vorhaben informiert hatte, zu wenig auf ihre Ansichten eingegangen sei und sie vor allem auch zu wenig in seine Entscheidungen einbezogen hätte.

An jenem Morgen erreichte ihn der Terminator, die Grenze zwischen Licht und Schatten. In jenem Moment, als sich die Tür hinter

Sarah Vegonah mit einem leisen Klick schloss, zogen die ersten dunklen, sorgenerfüllten Wolken in seinem Geiste auf. Sein Herz begann schneller zu schlagen und er spürte, wie der Schweiss langsam seinen Hemdkragen zu nässen begann, der ihm immer enger und enger zu werden schien. Nachdem mit Magnus Enosklap Albers Wendos dritter Mitarbeiter ihn verlassen hatte, wurde Wendo unruhig. Er versuchte, diese Unruhe durch langsames Auf- und Abgehen in seinem Büro unter Kontrolle zu bringen und dabei seine Gedanken zu ordnen.

Zu jenem Zeitpunkt war er knapp zweieinhalb Jahre bei der Medmeritum. Ein halbes Jahr zuvor hatte er den Zuschlag für den Ausrüstungsvertrag mit der bevölkerungsreichsten Provinz des Nachbarlandes bekommen, und sein Name hatte Bekanntheit bis an die Spitze des Mutterkonzerns erlangt. Jetzt, ein halbes Jahr später, sprangen seine drei wichtigsten Mitarbeiter ab. Albers Wendo war durchaus bewusst gewesen, dass er nicht optimal kommuniziert hatte. Auch hatte ihn öfter das Gefühl beschlichen, dass er es sich zu wenig hatte anmerken lassen, wie froh er darüber war, dass er in seinem Team auf die Erfahrung von langjährigen Konzernmitarbeitern zurückgreifen konnte und dass er diese Leute nicht nur in die Beratungen vor den Entscheidungen, sondern auch in die Entscheidungen selbst hätte einbinden sollen. Er hätte ihnen mehr Verantwortung geben sollen. Doch dafür hatte er sie noch zu wenig gut gekannt. Er hatte einen Plan, um den Auftrag für die zwölf Spitäler zu bekommen, und er war von diesem Plan überzeugt gewesen. Hätte er es nicht nur zu gemeinsamen Beratungen, sondern auch zu einer gemeinsamen Entscheidungsfindung kommen lassen, hätte es sein können, dass sein Plan abgeändert worden wäre, und das hatte er auf keinen Fall riskieren wollen. Dann hatte Wendo oft auch schlicht zu wenig Zeit gehabt, um seine Entscheidungen anschliessend ausführlich zu erklären. In jenem Verhandlungsjahr war alles Schlag auf

Schlag gegangen, und Wendo hatte oft schnell reagieren müssen, um sein Angebot dem Verhandlungsverlauf oder den veränderten Bedürfnissen der Spitäler anzupassen.

In einem Managerkurs hatte Albers einst gelernt, dass sich gewisse Gefühle im Körper manifestieren können – etwa die Liebe als ein Kribbeln im Magen. Als Enosklap die Tür hinter sich zugezogen hatte, hatte er genau studieren können, wie urplötzlich eine Angst von seinem Herz Besitz ergriffen hatte. Es fühlte sich an, als ob sein Herz auf einen Schlag hohl werden würde, als hätte sich an der Stelle seines Herzens ein dunkler Schacht aufgetan, dessen Tiefe nicht enden zu wollen schien. Lange war Albers Wendo zu keinem klaren Gedanken fähig. Erst nachdem er ungefähr eine Stunde in seinem Büro auf- und abgegangen war, konnte er damit beginnen, die Ereignisse des Morgens zu analysieren und einzuordnen, um eine Entscheidungsgrundlage für seine nächsten Schritte zu gewinnen. Nach einer weiteren Stunde des Hin- und Hergehens wurde Wendo bewusst, dass ein Abgang von Mitarbeitenden aus seinem Team weder förderlich für die Zukunft seines Teams noch für die Zukunft seiner Karriere war. Sein Team hätte jetzt liefern und alles dafür vorbereiten müssen, um den soeben erhaltenen Auftrag termingerecht auszuführen. Ein Rekrutieren und ein neues Zusammenstellen des Teams war zu jenem Zeitpunkt denkbar ungünstig. Die Austrittsentscheide der Mitarbeitenden hatten auch die Kraft, seine Zukunft bei der Medmeritum zu verdüstern. Als Teamleiter hatte er seinem Vorgesetzten Fenon Hauker zu beweisen, dass er nicht nur die Geschäfte, sondern insbesondere auch ein Team erfolgreich führen konnte.

Dass der plötzliche Ausstieg von drei Mitarbeitenden kein gutes Licht auf seine Arbeit werfen würde, davon war er in jenen Stunden, bevor er Fenon Hauker über die Austritte aus seinem Team informierte, überzeugt gewesen.

SECHS

Nachdem er das Ende des bewaldeten Plateaus erreicht hatte, stand Wendo vor einem weiteren Steilhang. Zwar wurzelten auch hier noch Tannen im Hang, doch es waren zu wenige, um Schatten mit kühlendem Effekt zu bilden. Es war jetzt Mitte Nachmittag, die Sonne hatte ihren Zenit schon seit einiger Zeit überschritten und der stechenden Hitze folgte die lähmende Wärme, die sich im Verlaufe des Tages angestaut hatte und die sich jetzt erst nach und nach abbauen würde. Der Weg – stark abfallend, an Felsen und vereinzelten Bäumen und Büschen vorbei – folgte auch hier wieder dem Grat in die Tiefe. Unten im Tal konnte Wendo den Fluss sehen, dem er nach dem Abstieg entlang wandern würde. Von dort aus sollte es noch zwei Stunden zum Dorf sein, in dem er übernachten wollte. Wendo schloss die Augen und lauschte, ob er den Fluss bereits hören konnte; doch stattdessen krächzte es zwei Mal laut, unmittelbar hinter ihm. Rasch drehte er sich um, seine Augen suchten die Wipfel der umstehenden Bäume ab, doch die Schatten der Tannen wollten ihm den Vogel nicht preisgeben. Ob es wohl derselbe Rabe gewesen war, der ihn bei seinem kurzen Schläfchen vorhin auf dem Felsen aus seinen Träumen gerissen hatte? Er drehte sich wieder dem Steilhang zu und begann den Abstieg.

Es ging nicht lange und der Zirkel der Sorge begann in Wendos Geist seine Gedankenkreise zu zeichnen. Die Wuchskraft seiner sorgenschweren Gedanken überraschte ihn. Irgendwo hatte Wendo mal gelesen, dass negative Gedanken und Gefühle im Gehirn wie eine Lawine wirken würden. Negative Gedanken seien darum so mächtig, weil die neuronalen Netzwerke, die für Ängste und Furcht zuständig seien, viel älter seien, als diejenigen Regionen, die uns verständig denken lassen. Aus diesem Grund seien Bedrohungs- und Furchtgefühle auch meist länger anhaltend als Glücksgefühle. Auch im Bereich der unbewussten Wahrnehmung, die unser Verhalten weitestgehend steuert, würden bedrohliche Reize vor neutralen oder positiven Reizen erkannt und bearbeitet. Doch wie so oft half ihm, dem subjektiv Erlebenden, diese wissenschaftliche Erkenntnis nun auch nicht weiter. Die Funktionsweise von Problemen zu verstehen, war gut, doch damit hatte man noch keine Handhabe für sie entwickelt. Wendos Gedanken kreisten also weiterhin um jenen Kündigungs-Montagmorgen, der bei ihm immer noch Angstgefühle hervorrief.

Seit jenem Montagmorgen war nun ein halbes Jahr vergangen. Sein Vorgesetzter Fenon Hauker hatte überraschend gelassen reagiert. Er hatte genau wissen wollen, warum die drei Wendos Team hatten verlassen wollen und was er auf ihre Vorwürfe zu sagen hatte. Wendo hatte seine Sichtweise der Dinge möglichst ausführlich wiedergegeben, und anschliessend hatte eine Zeit lang Stille im Büro von Fenon Hauker geherrscht. Die Medmeritum AG war in einem Gebäude des Mutterkonzerns untergebracht. Ein lang gezogenes, dreistöckiges Gebäude. Im Parterre befand sich die Kantine, im ersten Stock waren die Labors der Medmeritum untergebracht, im zweiten Stock lagen die Büros der anderen Abteilungen der Medmeritum AG und im dritten Stock schliesslich residierte die Geschäftsführung des Mutterkonzerns, wo auch Wendos Vorgesetzter, Fenon Hauker, sein Büro hatte. In diesem sass Albers Wendo nun und wartete darauf, dass Fenon Hauker weitersprach. Fenon Hauker war das Verbindungsglied zum Mutterkonzern und von jener Geschäftsführung erhielt Hauker auch die Direktiven, die er mit Medmeritum umzusetzen hatte. Jene Geschäftsführung des Mutterkonzerns würde auch über eine allfällige Entlassung des Gebietmanagers Albers Wendo entscheiden. Fenon Hauker stand von seinem Sessel auf, lief um seinen Schreibtisch, setzte sich neben Wendo auf die

Tischkante und lächelte ihn an. «Wir waren uns bewusst, dass es ein Risiko war, deinen Posten mit jemandem von ausserhalb zu besetzen. Du hast deinen primären Auftrag erfolgreich erfüllt. Du hast jetzt genügend Zeit, um ein neues Team zu bilden und uns zu beweisen, dass du nicht nur über Qualitäten im Geschäftsabschluss verfügst, sondern auch in der Führung. Natürlich werde ich das mit dem Alten oben besprechen müssen, aber ich glaube nicht, dass diese Geschehnisse für dich etwas ändern werden.» Fenon Hauker beugte sich vor, fasste Wendo an seiner rechten Schulter und stand auf. «Ich werde wieder auf dich zukommen.»

Mit diesen Worten hatte die Unterhaltung zwischen Wendo und Hauker geendet. Wendo war aufgestanden, hatte Haukers Büro verlassen und den Lift in die Tiefgarage genommen. Er war in sein Auto gestiegen und die nächsten zwei Stunden ziellos herumgefahren. Obwohl das Gespräch besser herausgekommen war, als er es sich vorgestellt hatte, hatte Wendo gefühlt, dass die Saat der Sorgen in seinen Geist gepflanzt worden war. Nicht durch Hauker, Wendo war überzeugt davon, dass dieser sich ihm gegenüber ehrlich verhalten hatte und auch wirklich geglaubt hatte, was er gesprochen hatte. Nein, es war Wendo selbst gewesen, vielmehr der Quellgrund tief in seinem Geist, der an jenem Kündigungs-Montagmorgen, als Magnus Enosklap sein Büro verlassen hatte, eine Angst in sein Herz zurückgebracht hatte, die ihn erschreckt hatte, weil er diese Angst sehr gut gekannt und längst besiegt geglaubt hatte.

In diesem Moment stolperte Wendo. Er versuchte durch einen schnellen Ausfallschritt sein Gleichgewicht wieder zu gewinnen, doch sein Wanderschuh rutschte auf dem Kies ab. Wendo fiel und stürzte den Abhang hinunter. Er versuchte mit seinen Füssen und Händen zu bremsen, sich irgendwo festzuhalten, doch sein Tempo war bereits zu hoch. Wendo begann immer schneller zu rutschen. Als er schliesslich versuchte, einem entgegenkommenden Baumstamm auszuweichen, spürte er einen harten Schlag auf seinem Hinterkopf. Sein letzter Gedanke war, dass sein Sturz eine kleine Steinlawine ausgelöst haben musste, und er riss seine Hände Richtung Kopf. Dann wurde es dunkel.

Als Albers Wendo wieder zu sich kam, war es tiefe Nacht um ihn herum. Er lag bäuchlings auf einer Art Felsen. Als er sich auf den Rücken drehen wollte, bemerkte er, dass er seinen Rucksack immer noch am Rücken trug. Sein Kopf brummte und pochte. Er setzte sich auf und begann ihn langsam und sorgfältig abzutasten. Er hoffte, dass seine Finger auf nichts Nasses und Warmes stossen würden. Als er sicher war, dass sein Kopf nirgendwo blutete, befeuchtete er seine Finger und strich damit über seinen Kopf. Das silberne Licht des Mondes offenbarte ihm schwarze Streifen an seinen Fingern. Er musste geblutet haben. Wendo nahm seine Wasserflasche aus dem Rucksack und wusch damit gründlich seinen Kopf. An seinem Hinterkopf brannte es ein wenig. Dort musste ihn der Stein getroffen haben. Er kramte sein Erste-Hilfe-Set aus dem Rucksack und sprühte die Stelle grosszügig mit einem Desinfektionsspray ein. Als das Brennen nachliess, stand er auf, begann seinen Körper abzutasten und alle seine Glieder zu bewegen. Als er sicher war, dass einzig sein Kopf durch den Sturz in Mitleidenschaft gezogen worden war, begann er seine Umgebung näher zu untersuchen, was ihm aufgrund des beinahe vollen Mondes auch gut gelang. Wendo erkannte, dass er auf einem kleinen Felsen gelandet war, der aus dem Abhang hervorragte. Links und rechts von ihm ging es in die Tiefe. Der Felsen war eben und neben ihm hätten gut noch zwei andere Menschen von seiner Postur Platz gehabt. Ein paar Büsche oberhalb des Felsens mussten seinen Sturz abgefedert haben. Um den Felsen herum konnte er ein paar vereinzelte Bäume erkennen, ansonsten erblickten seine Augen nur viele funkelnde Sterne und den Mond. Wendo schloss seine Augen, konzentrierte sich auf seinen Gehörsinn und tauchte ein in die knacksende, knisternde, raschelnde, fiepsende, krächzende und schnaufende Geräuschkulisse des dunklen, grossen Waldes, der seinen Felsen umgab. Nach einer Weile überkam ihn die Müdigkeit des langen Wandertages, der hinter ihm lag, und er schlief ein.

Als Wendo wieder aufwachte, war es stockdunkel um ihn herum. Wolken hatten sich vor den Mond geschoben und es dürstete ihn. Er griff zur Wasserflasche und bemerkte an ihrem Gewicht, dass er nur noch über einen kleinen Rest Wasser verfügte. Den wollte er sich bis zum nächsten Morgen aufbewahren. Mit trockener Kehle streckte sich Wendo wieder auf dem Felsen aus und schloss die Augen. Er versuchte sich zu entspannen, doch sein Geist brachte ihn immer und immer wieder zum Bild der sich langsam hinter Enosklap schliessenden Büro-tür zurück. Bevor damals seine Mitarbeiterin Sarah Vegonah an jenem alles verändernden Montagmorgen sein Büro betreten hatte, um den Kündigungsreigen zu eröffnen, war sein Geist still gewesen, seine Gedankenwelt geordnet und er hatte sich ganz den Dokumenten und Zahlen, die vor ihm auf dem Tisch lagen, hingeben können. Zuweilen war ihm ein Gedanke über den weiteren Verlauf des Tages durch den Kopf geschossen, doch hatte er seine Aufmerksamkeit immer wieder mühelos auf die Gedanken richten können, die mit der Arbeit vor ihm auf dem Tisch verbunden waren. Die drei kurzen Gespräche mit seinen Mitarbeitenden, in denen diese ihm ihre Kündigungen eröffnet hatten, hatten gereicht, um seinen Geist vollständig umzupflügen. Die ersten Vorzeichen hatte Wendo bereits nach Vegonahs Besuch erkannt, als die ersten dunklen, sorgenerfüllten Wolken seinen Geist zu trüben be-gonnen hatten. Dies war die Angstdämmerung gewesen, wie er jetzt erkannte. Die Angstdämmerung, die ihm das verhängnisvolle Auftauchen eines längst abgeschüttelt geglaubten Weggefährten verkündet hatte. Eines Begleiters, den er schon damals lange gekannt hatte und der mit den drei ihn verlassenden Mitarbeitenden nur indirekt etwas zu tun hatte. Diese drei waren für diesen Gefährten nur eine weitere willkommene Gelegenheit gewesen, um Wendo daran zu erinnern, dass er ihn weder vergessen noch aus seinen Klauen entlassen hatte. Nachdem auch der dritte Mitarbeiter, Magnus Enosklap, ausgesprochen hatte, hatte sich Wendo fragen hören, ob sein Entscheid zu kündigen endgültig sei. Als Enosklap dies bejaht und Wendo realisiert hatte, dass auch er es ernst meinte, hatte er ihm für sein Kommen und seine Arbeit gedankt, ihm versprochen, die notwendigen Schritte einzuleiten, und ihn anschliessend verabschiedet. Dies war alles automatisch geschehen. Wendo hatte dies in einer Art Betäubung getan. Er hatte noch nicht richtig realisieren können, was in jenem Moment mit ihm passiert war. Erst als die Tür auch hinter Enosklap zugeklickt und Wendo wieder allein war, hatte er diesen Schacht in seiner Brust wahrgenommen, dessen Boden er nicht hatte erfühlen können. In diesem Moment waren seine Empfindungen zurückgekommen und die Betäubung war langsam diesem altbekannten lähmenden Angstgefühl gewichen, das er von früher kannte und es ihm unmöglich machte, einen klaren Gedanken zu fassen, und von dem er wusste, dass es die Macht hatte, seinen Geist mit einer Verzweiflung anzufüllen, die sich nur langsam und zögerlich wieder abbauen würde.

An jenem Montagmorgen war ein alter, Unheil mit sich bringender Weggefährte wieder zurückgekommen, und er beherrschte ihn bis auf den heutigen Tag. In diesem Augenblick, mitten in tiefer Nacht und dunklem Wald, auf diesem Felsen, auf den ihn diese sonderbare Bergwanderung geführt hatte, entschloss sich Wendo, sich ihm nun endgültig zu stellen und nicht von ihm abzulassen, bis er ihn besiegt hatte. Heute sollte dieses Kapitel in seinem Leben ein Ende finden. Heute, nicht morgen, nicht übermorgen, sondern jetzt und hier. Er wollte endlich in das Gesicht dieses alten Gefährten blicken, der ihn schon seit seiner Jugend begleitete, den er zuweilen glaubte, abgehängt zu haben, und der ihn immer wieder einzuholen schien.

SIEBEN

Wendo atmete tief durch und fokussierte sich mental auf sein Empfinden. Er musste die Angst nicht lange suchen. Er konzentrierte sich auf das sich dadurch verstärkende Angstgefühl und sein Herz wurde hohl. Ein Erschrecken ohne Ende machte sich in ihm breit. Wie immer in solchen Situationen begann Wendo mental zu strampeln, wie ein Ertrinkender, der verzweifelt darauf hoffte, dass seine Füsse bald auf festen Grund stossen werden. Wut, Trauer, Ekel – alles war besser als dieses panische, angsterfüllte Erschrecken, das ihn paralysierte. Doch er widerstand der Versuchung, die Augen zu öffnen und sich aufzusetzen. Dies hätte sein Angstgefühl gemindert, das wusste er. Er hatte in all den Jahren sehr erfolgreich gelernt, sich von dieser Angst abzulenken. Heute Nacht wollte er sich nicht ablenken. In dieser Nacht wollte er endlich die Gedanken und Gefühle, die Erinnerungen finden, die am Anfang dieses schrecklichen Angstgefühls stehen mussten. Albers Wendo holte tief Luft und liess sich in den Schacht fallen. Als Erstes schossen ihm Szenen des Kündigungsmorgens durch den Kopf: die Genugtuung in Vegonahs Augen, als sie sich von ihm verabschiedet hatte, das kurz aufblitzende hämische Grinsen Enosklaps, als dieser die Tür hinter sich schloss, Wendos Blick suchend. Albers hatte mit allen ein offenes Gespräch geführt, hatte sich erklärt, hatte sich entschuldigt.

Doch es war zu spät. Die drei hatten ihre Meinungen über ihn gemacht und liessen sich nicht mehr umstimmen.

Es musste die Vorstellung der negativen Konsequenzen eines Misserfolgs in seiner Funktion als Führungsperson sein, welche diese Angst ausgelöst hat, dachte sich Wendo. Es bereitete ihm allergrösste Mühe, sich gedanklich zu fokussieren und Denkprozesse zu führen. Angestrengt versuchte er in seinen Erinnerungen den Moment zu finden, an dem er dieses starke Angstgefühl zum ersten Mal wahrgenommen hatte. Er konnte sich nicht erinnern, wusste aber, dass es ihm schon im Gymnasium bekannt gewesen war. Damals hatte er es als Prüfungsangst interpretiert und er war dieser Angst damals mit einem immensen Lernaufwand begegnet. Insbesondere in Zeiten, in denen sich Prüfungen gehäuft hatten, hatte Wendo mehr als doppelt so viel Zeit wie seine Kameraden ins Lernen investiert. Damit hatte er seine Angst soweit in den Griff bekommen, dass sie ihn zumindest nicht mehr lähmen konnte. Wendo hatte auf keinen Fall aus dem Gymnasium fliegen wollen; auch, weil seine Eltern ihn lieber in einer Berufslehre gesehen hätten. Handwerker, Bankangestellter, Kaufmann – irgendetwas Handfestes, wo er schnell ins Berufsleben einsteigen konnte. Doch Wendo hatte andere Pläne gehabt, hatte später studieren wollen: Wirtschaft oder Recht. Wendo hatte von einer Karriere in einem Unternehmen geträumt, vom Aufsteigen, von Verantwortung, von Erfolg, von der Spitze und ja – von Ansehen. Er hätte es nicht ertragen können, wie seine Eltern ihn angesehen hätten, wenn er aus dem Gymnasium geflogen wäre oder später sein Studium nicht abgeschlossen hätte.

Als an jenem Kündigungsmorgen bei der Medmeritum die Würfel gefallen waren und es kein Zurück mehr gegeben hatte, war es das Ansehen in der Chefetage des Mutterkonzerns gewesen, das ihn am meisten geängstigt hatte. Wie würden sie ihn dort ansehen, wenn bekannt würde, dass ihm drei Mitarbeitende abgesprungen waren? Abgesprungen wegen ihm! Wegen seiner Führungsunfähigkeit. Langjährige, gute Mitarbeitende. Dies hätte das Aus für seine Karriere bei der Medmeritum AG bedeuten können. Wendo hatte ganz nach oben gewollt, bis an die Spitze des Mutterkonzerns der Medmeritum. An jenem Kündigungsmorgen hatte ihm geschienen, als würde ihm ein aufziehendes Gewitter den finalen Gipfelsturm, auf den er so lange hingearbeitet hatte, verunmöglichen. Wendo wollte, Wendo konnte nicht mehr zurück. Er würde nicht wieder ins Tal steigen, ohne den Gipfel erreicht zu haben. «Doch warum eigentlich nicht?», kam es Wendo plötzlich. «Warum ist mir meine Karriere, ob nun bei der Medmeritum oder anderswo, so wichtig? Wovor habe ich im Falle einer missglückten Karriere Angst?», dachte sich Albers Wendo und spürte, dass er an einem wichtigen Punkt angekommen war. Es war ihm, als würde sich seine Angst nun wandeln. Sie war zwar noch da, doch die Panik, das Strampeln war verschwunden, das Fallen hatte aufgehört. Wendo blieb im schwarzen Hohlraum stecken. Vorsichtig und langsam wandte er sich wieder seinen letzten Gedanken zu. Es war nicht das Ansehen seiner Chefs oder einer misslungene Karriere, vor der er sich fürchtete. Albers Wendo wusste von früher, dass ihn andere Dinge in seinem Leben genauso erfüllen konnten. Noch ganz zu Beginn des Gymnasiums, als er mit seinen Freunden ständig in den Bergen unterwegs war, hatte er ab und zu mit dem Gedanken gespielt, nach dem Gymnasium das Studium sausen zu lassen, um Bergführer zu werden. Seinen Eltern hätte das auf jeden Fall gefallen. Nein! Es war das missfallende Ansehen sich selbst gegenüber, das Wendo am meisten fürchtete. Am meisten Angst hatte Albers Wendo vor sich selber. Wendo hatte schon vor dem Gymnasium einen Plan für sein Leben gefasst, er kannte sich, er hatte eine Bestimmung, er wusste, dass er für eine Karriere in einem grossen

43

Unternehmen geschaffen war. Bergführer zu werden, das wäre zu wenig gewesen für ihn, damit hätte er seine Potenziale niemals voll ausschöpfen können. Wirtschaftsführer - Albers Wendo hatte sein ganzes Leben diesem Plan verschrieben. Ein Versagen vor sich selbst wäre das grösste Scheitern, das er sich vorstellen konnte. Es war das Scheitern seiner eigenen Vorstellung von sich selbst, das Albers Wendo diese lähmende Angst bescherte, die ihn seit dem Gymnasium begleitete.

Wendo setzte sich auf. Ihm war kalt. Er stand auf und begann schnelle Kniebeugen zu machen, um sich aufzuwärmen. Der Ruf eines Kauzes durchbrach die friedvolle Stille des nächtlichen Waldes. Gut möglich, dass es viele Menschen aufgrund dieser Angst gar nie versuchten, ihre Träume zu verwirklichen, dachte Wendo und lauschte in den dunklen Wald. War es nicht der Glaube, sich selbst zu kennen, zu wissen, wer man war und was man konnte, der den Menschen dazu befähigte, Pläne auch gegen grösste Widerstände zu verwirklichen? Kam sich der Mensch, wenn er sich in so etwas Grundlegendem, wie den Vorstellungen über sich selbst, seiner Bestimmung, getäuscht sah, nicht selbst abhanden? Doch wenn sich ein Mensch in sich selbst so täuschen konnte – und Wendo war in diesem Augenblick fest davon überzeugt, dass dies geschehen konnte – was konnte ihm dann noch Sicherheit geben? Worauf konnte er dann bauen? Wo lag der feste Grund seines Ichs, seiner Existenz, von dem er sich abstossen konnte, wenn er glaubte unterzugehen?

Wendo legte sich wieder hin. Nach und nach gelangte er zur Überzeugung, dass es ihm gelungen war, seine Angst in eine Furcht zu transformieren. Wendo hatte einst gelesen, dass es auch für Experten nicht einfach war, die Furcht von der Angst abzugrenzen. «Furcht ist auf etwas gerichtet, Angst ist gegenstandslos», hatte der deutsche Psychiater und Philosoph Karl Jaspers dazu geschrieben. Er folgte diesem

Gedankengang: Ein Merkmal meiner gegenstandslosen Angst war das oft damit verbundene lähmende Gefühl, das mich kopflos – im Sinne von verstandeslos – machte. Schwang nicht im Ausdruck: «Angst und Bange» dieses Bedrückende, Beklemmende, Lähmende der Angst mit? Das Herz reagiert mit Angst auf das, was es nicht kennt, schlussfolgerte Wendo. Fand der mit einem solchen diffusen Angstgefühl konfrontierte Geist hingegen einen Gegenstand, den er als Ursache für dieses unangenehme Gefühl identifizieren oder als Projektionsfläche für seine Angstgefühle nutzen konnte, verschwand dieses Gefühl nach und nach. Die Angst konnte derart in eine Furcht umgewandelt werden, die einen Gegenstand hatte. Dieser Gegenstand konnte zwar noch Sorge bereiten, aber er ängstigte nicht mehr. Wenn der denkende Geist etwas begreifen konnte, dann konnte er damit beginnen, Strategien und Taktiken zu entwickeln, die dieser Sorge entgegenwirken konnten. Wendo war überzeugt, dass ihm dies, hier und jetzt, auf einem Felsen, mitten in der Nacht, in einem ihm unbekannten Wald gelungen war. Er drehte sich zur Seite und starrte ins Dunkel. Nach einer Weile drehte er sich wieder zur anderen Seite und sah, dass Eos, die Göttin der Morgenröte, mit ihrem Wagen bereits aufgestiegen war. Ein schmaler blassrosa Streifen hatte sich über die schwarzen Tannen gelegt. Jetzt öffnete Aurora, die römische Göttin der Morgenröte, das purpurne Tor und die rosendurchleuchteten Hallen, durch welche die Sterne entweichen werden. Wendo erinnerte sich an die Stelle in Ovids Metamorphosen, die ihm im Gymnasium immer so gut gefallen hatte. Er suchte den Morgenstern, den die Römer Lucifer und die Griechen Eosphoros nannten. Er würde als letzter Stern vom Himmel schwinden, zur Erde streben, wie Ovid schrieb, und dabei die Welt allmählich mit Rot übergiessen. Wendo gab sich ganz dem Schauspiel hin und beobachtete, wie dem zweispännigen Pferdewagen Eos' der vierspännige Sonnenwagen Helios' mit seinen Feuerrossen folgte. Irgendwann schlief er ein und träumte, dass er mit dem Männchen aus dem Geröllfeld in einem Raumschiff Richtung aufgehender Sonne flog.

ACHT

Als Albers Wendo wieder erwachte, umgab ihn morgendliche Waldesruhe. Die Gedankenhitze der letzten Nacht war verschwunden und sein Geist von einem friedvollen Wahrnehmen in unzerstreuter Bewusstheit erfüllt. Wendo schloss nochmals seine Augen und versuchte die Spuren seiner Traumpfade zu finden. Er wusste, dass er letzte Nacht eine Erkenntnis gehabt hatte, die sein Leben verändern würde. Wendo wusste nun, dass es die Nichtbestätigung, die Nichterfüllung seiner Vorstellungen über sich selbst gewesen war, vor der er sich die ganzen Jahre über – vom Studium bis zur Medmeritum – gefürchtet hatte. Er wusste jetzt, dass er selbst sein grösster Gegner war, und er wusste, dass er sich selbst besiegen konnte. Nur warum er überhaupt kämpfen und siegen musste, das wusste Wendo noch nicht, doch hoffte er, wenigstens seine Herzensangst in der vergangenen Nacht endgültig hinter sich gelassen zu haben.

Hunger und Durst treiben auch den entferntesten Geist in den Körper zurück und so biss Wendo in seinen letzten Apfel – langsam und bedächtig. Er nahm nur kleine Bissen und kaute jeden, bis nur noch Flüssigkeit in seinem Mund übrig geblieben war. Als er fertig war, packte er seine Sachen zusammen und wollte aufbrechen, etwas hielt ihn zurück. Wendo schloss seine Augen, wartete, bis das Licht in der Schatzkammer seines Bewusstseins anging, und wusste plötzlich, dass er diesem Ort, diesem Felsen mitten im Wald, danken wollte. Er hatte keine Ahnung, wie er dies tun sollte – Wendo hatte noch nie ein solches Bedürfnis verspürt. Er kauerte sich in die Hocke, schaute in alle Himmelsrichtungen und murmelte schliesslich, da er nicht recht wusste, wen er ansprechen sollte, mehr zu sich selbst: «Danke, schöner Felsen. Danke dafür, dass du meinen Sturz abgefangen hast. Danke für diese erkenntnisreiche Nacht und den wunderschönen Morgen.» Dann sprang er vom Felsen und begann seinen Abstieg zwischen Felsen und Bäumen hindurch hinunter zum Fluss. Nachdem er eine halbe Stunde unterwegs gewesen war, vernahm er das Rauschen des Flusses. Erleichterung machte sich in ihm breit. Wendo wusste, dass, wenn er den Fluss erreicht hatte, er diesem dann nur noch ungefähr zwei Stunden flussabwärts folgen musste. Dann sollte er das Dorf erreicht haben, in dem er eigentlich hatte übernachten wollen. Wendo sprang aus dem Wald heraus die Böschung hinunter auf den Weg neben dem Fluss. Dort entdeckte er am Wegrand einen Brunnen. Er trank, wusch sich und füllte seine Flasche auf. Noch nie hatte ihm Brunnenwasser so gut geschmeckt.

Als Albers Wendo auf dem sicheren, breiten Wanderweg wieder weiterwanderte, frisch gestärkt durch das Wasser, den Fluss neben sich zügig ziehend, unbeirrbar und kraftvoll rauschend, fühlte er sich gut. So gut wie schon lange nicht mehr. Wendo musste lachen. Ein befreiendes, lautes Lachen. Er dachte an seinen Sturz vergangenen Abends. Was hatte er doch für ein Glück gehabt! Doppeltes Glück! Sein Sturz hatte ausser einem leichten Brummschädel keine weiteren Konsequenzen nach sich gezogen. Vielleicht würde er noch eine kleine Narbe kriegen, aber ansonsten rechnete er mit keinen weiteren Blessuren, und ohne diesen Sturz, dachte Wendo, hätte ich wohl auch nie die Zeit gefunden, mich so tief mit mir selbst auseinanderzusetzen. Die Nacht auf dem Felsen hatte ihm eine Erkenntnis ermöglicht, von der er überzeugt war, dass sie sein Leben verändern würde. Wie genau, das konnte er noch nicht erahnen, aber er hatte in den Tiefen seiner Seele den Ursprung seines Ehrgeizes, seines Eifers, seiner Sucht nach Eifer, seiner Eifer-Sucht erschaut. Er wusste jetzt, dass sein Streben nach Erfolg, dem er in den letzten Jahren alles untergeordnet hatte, nur der Bestätigung einer Vorstellung von sich selbst diente – und nicht der blossen Realisation seiner selbst, schoss es Wendo unvermittelt durch den Kopf. Er blieb stehen und blickte in die Wellen des Flusses. Das war der Punkt, den er gesucht hatte, das Puzzleteil, das ihm letzte Nacht noch gefehlt hatte. Es lag nichts Falsches darin, sich selbst zu realisieren, nach seinen eigenen Vorstellungen und Ideen, nur durfte er nicht der Versuchung anheimfallen, zu glauben, dass er tatsächlich die Vorstellung seiner selbst war, das diese oder jene Vorstellung sein Wesen definierte. Die Frage, wer oder was Albers Wendo tatsächlich war, die Gestalt, das Selbst hinter seinem Ich, würde er vielleicht einmal erkennen können, vielleicht erst nach seinem Tode, vielleicht aber auch nie. Doch bis dahin konnte Wendo anstreben, was immer er wollte, konnte er sein oder nicht sein, was er wollte. Er durfte sich einfach nicht in den Vorstellungen über sich selbst verfangen. Denn wenn er diese nicht erreichen würde, würden sie ihn unglücklich machen, und wenn er sie erreichen würde, könnten sie sich als Gefängnis erweisen. Schon einige Male hatte er bei erfolgreichen Menschen – Unternehmern, Künstlern oder Wissenschaftlern – den Verdacht gehegt, dass sie Gefangene ihres Erfolges geworden waren. Gefangene der Dinge, Produkte, Werke und Ideen, mit denen sie berühmt geworden waren. Dies hatten sie der Welt fortan zu bieten, so und nicht anders hatten sie zu sein. Es gab nicht allzu viele erfolgreiche Menschen, denen es gelang, sich weiterzuentwickeln und dabei auch erfolgreich zu bleiben. Und ja! Vielleicht war ja auch er noch mehr als nur diese paar kümmerlichen, begrenzten Vorstellungen, die er sich über sich selbst und sein Leben machte. Genügte es nicht manchmal, auf altbekannten, über Jahre immer wieder gegangenen Wegen durch die Stadt den Kopf zu heben, um an den obersten Etagen von Häusern wieder etwas Neues zu entdecken? Eine bislang ungesehene Stuckatur, ein weiteres Stockwerk oder einen kleinen Goblin aus Stein, der grinsend unter dem Dach hervorlugte. So ähnlich, schien Wendo, verhielt es sich doch auch in seiner Innenwelt. Einst hatte er sich vorstellen können, Bergführer und nicht Wirtschaftsführer zu werden, und gerade letzte Nacht hatte er sich so vertieft wie noch nie mit sich selbst auseinandergesetzt. Hätte ihm jemand noch vor ein paar Monaten gesagt, dass er dereinst auf einem Felsen im Wald liegend in die Tiefen seiner Seele hinabsteigen würde, er hätte ihn wohl ausgelacht. Das Blickfeld erweitern, neue Perspektiven gewinnen, bislang ungesehene, unbekannte Aspekte erblicken, das konnte man nicht nur in der Aussenwelt, sondern auch in der Innenwelt. Glichen denn solche Vorstellungen und Ideen über das Selbst nicht eigentlich Kleidungsstücken, die man – je nachdem, wie die Bedingungen der Aussenwelt sich präsentierten – an- oder ausziehen konnte? Und wie Kleidungsstücke Risse oder Löcher bekamen, zu gross oder zu klein wurden, veränderten sich doch auch die Vorstellungen und Ideen über das Selbst. Sie erweiterten sich, gewannen neue Facetten hinzu oder verloren alte, weil sie dem Lebenden nicht mehr dienlich waren. Der letzte Gedanke hatte für Albers Wendo etwas unheimlich Befreiendes. Es war ihm, als hätte er sich soeben aus einem Gefängnis befreit, dem Gefängnis seiner Vorstellungen über sich selbst. Wendo wusste, dass er jederzeit wieder in seine Selbstvorstellungen zurückkehren konnte, aber er konnte diese auch jederzeit wieder verlassen, in eine andere Vorstellung schlüpfen und vielleicht, ja vielleicht werde ich irgendwann einmal gar keine Vorstellungen über mich selbst mehr benötigen, überkam es Wendo. Er blickte dem Flusslauf nach, der immer weiter durch den Wald mäanderte, und erkannte, dass es bis zu diesem Zeitpunkt wohl noch ein weiter Weg sein würde. Vielleicht würde er sein Leben eines Tages als Spiel akzeptieren können. Ein Spiel, bei dem man sich gewisse Rollen aussuchen konnte und gewisse Rollen zugewiesen bekam. Ein Spiel, bei dem sowohl Gewinnen als auch Verlieren dazugehörte und es das Eine nicht ohne das Andere gab. Wer nur immer gewann und nie verlor, der entwickelte sich nicht weiter, weil er nie dazu gezwungen war, sich zu hinterfragen und sich zu verändern. Dasselbe galt für diejenigen, die immer verloren – oder zumindest das Gefühl hatten, dass sie immer nur verlieren würden. Ihnen fehlte die Bestätigung für ihr Tun, die ihnen den Mut verlieh, ihre Vorstellungen über sich selbst zu verwirklichen, das anzustreben, was immer sie glaubten anstreben zu müssen. Es galt, jedes Siegerlachen zu lächeln und jede Träne der Niederlage zu weinen, und wenn das Lachen verklungen und die Tränen versiegt waren, galt es weiterzugehen. Das Endziel des Spiels des Lebens war Wachstum und Entwicklung, und der Tod der unbestechliche Führer zu diesen. Ein treuer und verlässlicher Anzeiger und Mahner, um weiterzugehen, wenn sich Kreise geschlossen hatten; Beziehungen, Prozesse und Dinge an ihr Ende gelangt waren. Das Spiel des Lebens, das Spiel aller Spiele, bei dem die meisten Menschen – wie bei allen Spielen – gewinnen wollten, aber nicht sehen wollten oder konnten, dass ihnen ihre Gewinne oft mehr schadeten, während die Verluste ihnen neue Horizonte eröffnen konnten. Vielleicht hatten ihm die Verluste seiner Mitarbeitenden auch neue Horizonte eröffnet, dachte Wendo. Waren sie vielleicht der Grund dafür, dass er sich gestern zum ersten Mal seiner Herzensangst gestellt hatte und dabei gelernt hatte, dass er sich nicht mit seinen Vorstellungen über sich selbst verwechseln sollte? Doch woher kamen eigentlich all diese Vorstellungen über sich selbst? Dieses

Begehren, dieses Wünschen, etwas zu sein oder etwas zu besitzen? Warum besass kaum jemand die Ruhe, um das ganze Bild, die Ursprungswelt an sich, in Stille zu schauen, von Sonnenaufgang bis Sonnenuntergang, ohne dabei etwas anzustreben? Warum mussten die Menschen ins Bild rennen und «tun», statt einfach schauend zu sein? Wie glücklich, wer die Gnade besass, sein ganzes Leben zu betrachten – von der Geburt bis zum Tod. Natürlich, der Hunger trieb auch noch den entferntesten Geist in den Körper zurück. Doch wollten nicht die meisten Menschen so viel mehr vom Leben, als schlicht ihren Hunger zu stillen? «Sicherheit», schoss es Wendo durch den Kopf. Geld beruhigt. Wir wollen uns eine Burg bauen, die uns vor den Schicksalsschlägen des Lebens schützt. Es gab kein Nullrisiko, für niemanden. Darum müssen wir erfolgreich sein, und um erfolgreich zu sein, müssen wir uns gegen Konkurrenten behaupten, wir müssen gewinnen. Da war es wieder – das «Gewinnen». Sich gegen Konkurrenten durchsetzen, gegeneinander, nicht miteinander. Doch war es tatsächlich so? War das Leben ein Nullsummenspiel, bei dem der Erfolg des einen den Verlust des anderen bedeutete? Als er sich damals den Ausrüstungsauftrag für die zwölf Spitäler erkämpft hatte, war es in der Tat so gewesen: Sein Erfolg bedeutete das Aus für seine Mitbewerber. Doch war dies überall so? Gab es nicht genügend Platz auf dieser weiten Welt, genügend Möglichkeiten und Kombinationen, sodass man sich nicht um Dinge, Menschen, Rechte oder Möglichkeiten streiten müsste? «Es wollen aber alle die gleiche Burg», dachte Albers, lachte laut auf und rief in die Wellen des Flusses: «Und alle wollen sie diese auf demselben Hügel errichten!» Der Fluch des mimetischen Begehrens: Wir wollen etwas, weil es andere auch wollen. Nicht das Objekt bestimmt unsere Wahl, sondern ein anderes Subjekt. Warum zum Beispiel so viele Menschen in Städten und in der Nähe von Städten leben wollten, konnte

Albers Wendo noch nie begreifen. Auch er war in eine Stadt gezogen, klar. Aber nicht um der Stadt willen. In diesem Moment konnte er sich gut vorstellen, auch ausserhalb – unter Umständen sogar weit ausserhalb – einer Stadt glücklich zu werden.

Wendo blieb stehen und nahm einen tiefen Schluck Wasser. Er war überrascht, überrascht von sich selbst. In den letzten drei Jahren hatte Albers Wendo nie solche Gedanken gehabt. Es war ihm völlig klar gewesen, dass er so nah wie möglich an seinem Arbeitsort würde wohnen wollen. Ob er hingegen lieber in einer Stadt oder auf dem Land wohnen würde, über solche Dinge hatte er sich noch nie Gedanken gemacht. Er blickte sich um. Weiter vorne verliess der Fluss das Tal, in dem er sich seit seinem Abstieg vom bewaldeten Plateau befunden hatte. Dahinter konnte er erkennen, dass die Waldlandschaft endgültig zu Ende war. Hellgrüne, saftige Wiesen mit allerlei Farbtupfern, durchbrochen von dunkelgrünen Hecken, breiteten sich dahinter aus. Das Dorf konnte nicht mehr weit entfernt sein, dachte Wendo und begann zügig weiterzugehen.

NEUN

Die Sonne stand wieder im Zenit, als Albers Wendo das Dorf erreichte. Er suchte die Herberge auf, in der er letzte Nacht hatte übernachten wollen. Auf sein Klingeln an der Rezeption schob eine gut gelaunte, breite Dame einen kleinen grauen Vorhang zur Seite und zwängte sich in den schmalen Raum zwischen Theke und Wand, welcher den Empfang der Herberge bildete. Wendo erzählte von seinem nächtlichen Unglück und entschuldigte sich, dass er nicht hatte Bescheid geben können. Sein Handy-Akku hatte bereits einige Stunden nach Wanderbeginn den Geist aufgegeben. Die Frau zeigte sich bestürzt und äusserst besorgt. Sie beruhigte sich erst ein wenig, als Wendo es ihrer Tochter – einer ausgebildeten Samariterin – gestattete, einen Blick auf seinen Hinterkopf zu werfen. «Das wird wohl eine gut sicht- und spürbare Narbe geben», meinte diese, gab aber ansonsten Entwarnung. Falls Wendo allerdings innerhalb der nächsten 24 Stunden Schwindel, Übelkeit oder Kopfschmerzen bemerken sollte, dann solle er unverzüglich wieder zu ihr kommen. Albers Wendo war von der aufrichtigen Anteilnahme der Herbergsleute gerührt, bedankte sich für die Untersuchung sowie die nachträgliche kostenfreie Stornierung seiner Übernachtung und versprach, auf jeden Fall wieder hier abzusteigen, falls er wieder einmal in der Nähe sein sollte. Anschliessend setzte er sich in die Gartenwirtschaft der Herberge, die direkt am Fluss lag.

Wendo hatte einen Bärenhunger. Er bestellte sich Vor- und Hauptspeise sowie einen Dessert. Dann beobachtete er die Menschen, die in der Gartenwirtschaft sassen. Die Terrasse war ungefähr zur Hälfte mit anderen Gästen gefüllt. Kleine lachende Kinder, Mütter und Väter mit ernsten Gesichtern, alte Menschen, die sich mit geschlossenen Augen sonnten, ein paar Radfahrer und ein junges turtelndes Pärchen, das nur Augen für sich hatte. Es tat gut, Menschen zu sehen und zu hören. Es schien Albers Wendo, als manifestierte sich hier, unter der warmen samstagnachmittäglichen Mittagssonne, im Schatten der alten Eichen der Restaurantterrasse, alle Spielarten des ungezwungenen, ja freien menschlichen Seins. Er beobachtete die Kinder, die zwar wie ihre Eltern auch auf der gleichen Terrasse waren und doch in ihrer ganz eigenen Welt zu sein schienen. Sie bemerkten Sachen, lachten oder unterhielten sich über Dinge, welche die Erwachsenen entweder gar nicht «auf dem Radar» hatten oder gar nicht sehen konnten. Ein kleines Mädchen breitete seine Arme aus und rannte einen Gang zwischen den Tischen hinunter. Den Wortfetzen, die sie hinter sich in der Luft liess, war zu entnehmen, dass sie sich auf einem Landeanflug wähnte und das Ende des mit Kieselsteinen gefüllten Korridors zwischen den Tischreihen ihr Landeplatz war. Ein anderer Junge ordnete konzentriert von ihm ausgewählte Steine auf einem Tisch an. Das ihn bei der Steinsuche und -anordnung leitende Prinzip war ein Geheimnis, sein Geheimnis, das wohl niemand jemals würde ergründen können, vielleicht nicht mal er selbst.

An einem Tischchen im nächsten Korridor konnte wiederum ein junges Liebespärchen kaum die Finger voneinander lassen. Auch bei ihren Bewusstseinstätigkeiten waren wohl keine durch aktives Denken hervorgebrachten Denkresultate das Ziel. Im Rausch der Gefühle, der Nähe und der Körperlichkeit ergaben sich die Handlungen und Zärtlichkeiten wie von selbst. Ein Kuss führte zum nächsten, die eine Streichelei floss fliessend in die nächste. Gebannt – vielleicht auch gefangen – im Bewusstseinsstrom ihrer Gedanken schienen Wendo hingegen einige Elternpaare. Mit angestrengten Mienen studierten sie die Speisekarte, drehten ihre Köpfe schnell nach links und rechts, den Blick mit finsterer Miene über die Terrasse werfend, wachsam, das potenzielle Unglückspotenzial der Bewegungen ihrer Kleinsten abwägend und jederzeit bereit, verhindernd oder korrigierend einzugreifen. Gleich am Eingang wiederum zeugten Mienenspiel und Körperhaltungen einer Gruppe von Radfahrern auf innere Zufriedenheit, entspannte Gespräche und Stolz über das Erreichte: die gefahrenen Kilometer, die bezwungenen Hügel und die gemeisterten Abfahrten. Wendo vermutete, dass sie sich – ähnlich wie das Mädchen, der Junge oder das Liebespärchen – wohl ebenfalls keine allzu grossen Gedanken machten, sondern sich eher dem Moment hingaben und die wohlige Zufriedenheit nach körperlicher Anstrengung genossen, ihre Gedankenkraft höchstens nutzend, um sich an besonders lustige Anekdoten von vergangenen Fahrradtouren zu erinnern, einander hochzunehmen oder Witze zu machen. Auch die Ältesten dieser samstagnachmittäglichen Gartenwirtschaftsgemeinschaft machten nicht den Eindruck, als hätten sie sich im Strom ihrer Gedanken und Gefühle verheddert. Während einige gutmütig lächelnd das Treiben der Kinder verfolgten, hatten die anderen die Augen geschlossen und liessen die warmen Sonnenstrahlen auf ihr Antlitz fallen. Gut möglich, dass sie in Erinnerungen schwelgten, dachte sich Wendo. Davon werden sie in ihrem Alter ja reichlich haben. Vielleicht war ihnen aber auch einfach die Sonnenwärme auf dem Gesicht, die Wahrnehmung der goldenen Herbstsonne genug.

Wendo schloss die Augen. Er überlegte, wann er das letzte Mal so zwanglos sich selbst gewesen war wie die Menschen auf dieser Terrasse, und konnte sich nicht daran erinnern. Das Rauschen des Flusses riss ihn aus seinen Gedanken. Er liebte dieses Geräusch. Es beruhigte ihn und half ihm dabei, die Gedanken und Gefühle aus dem Quellgrund seines Bewusstseins möglichst ungestört aufsteigen und wieder abziehen zu lassen. Manchmal gelang dies, öfter aber blieben diese Gedanken und Gefühle an ihm kleben wie schlechter Kaugummi an den Fingern. Ja, Gedanken und Gefühle entwickelten oftmals gar ein Eigenleben, wuchsen und wucherten, befeuert durch sein aktives daran Herumdenken. Verloren in seinen Gedanken- und Gefühlswelten, vermisste er dann seinen leeren, stillen Geist, der nur passiv wahrnahm, ohne auf die Gefühle und Gedanken einzusteigen, ohne zu bewerten, ohne zu beurteilen. Wahrnehmung war der Grund, auf dem er sich abstossen konnte, um das ihn unruhig machende Geist- und Gefühlsgespinst hinter sich zu lassen und wieder in den stillen und leeren Bewusstseinsraum zurückzukehren, der immer da und ihm allzeit Heimat war und Zuflucht bot. Sein Bewusstsein als Gedanken- und Emotionsleiter: wahrnehmen, annehmen und abziehen lassen, wenn es soweit war. Doch wann war dieser Zeitpunkt? Wo endete das Loslassen, und wo begann die Verdrängung? Wann war es besser, Gedanken bloss passiv wahrzunehmen, sie ungehindert schweifen und kreisen zu lassen, und wann war der Zeitpunkt, um diese durch aktives Denken durch Gedankengänge vorwärts zu treiben in der Hoffnung, dass sie sich – etwa durch das Finden eines letzten Grundes oder einer dialektischen Synthese – auflösten? Und war die Hoffnung, durch Letztbegründungen oder Synthesen Seelenruhe zu erlangen, nicht sowieso eine Illusion der Ratio, ein Marketingtrick des Ego, des denkenden und ordnenden Ichs in Anbetracht des nie versiegenden Quellgrunds der Vorstellungen, Emotionen und Erinnerungen in den Tiefen seines Bewusstseins? Die gestrige Nacht hatte ihm eindrücklich bewiesen, dass seine Innenwelt – und damit wohl auch zu grossen Teilen seine Aussenwelt, wie er nun ahnte – durch die Möblierung seines Bewusstseins zustande kam. Geistige Einrichtungsgegenstände wie Erwartungen, Meinungen und Vorurteile filterten und verengten seine Wahrnehmung. Sie schmälerten sein Blickfeld. Dabei hatte Wendo doch schon immer das Leere, Schlichte, Simple, Offene und Geräumige geliebt. Durch die Leere sah man klarer und deutlicher, was das Leben einem gerade vor das geistige und körperliche Auge stellte. Ein mit Gedankenrequisiten unverstellter Horizont bot die umfassendere, wirklichkeitsgetreuere Aussicht auf das Leben.

Das Essen schmeckte wunderbar, und Wendo liess sich für jeden Bissen Zeit. Immer wenn er das Gefühl hatte, dass er sein Essen hinunterzuschlingen begann, legte er seine Gabel hin, kaute die Stücke in seinem Mund fertig, schluckte hinunter und wartete ein wenig, bis er sich neue Stücke in den Mund schob. Nachdem er fertig gegessen hatte, bestellte er sich einen Kaffee und entschied spontan, seine Wanderung fortzusetzen. Eigentlich hatte er heute in die Stadt zurückkehren wollen, doch da er die nächste Woche frei hatte, stand diesem Vorhaben nichts im Wege. Noch vor einigen Tagen wäre er wohl nach einigen Freitagen wieder ins Büro zurückgekehrt, aber gegenwärtig wollte er diesen Fluss noch nicht verlassen. Er wollte neben ihm weiterwandern, immer geradeaus, im Rauschen bleiben, mit dem Fluss ziehen. Hunger und Durst waren gestillt, augenblicklich sollte der Fluss seinen Geist weiter stillen, ihm das gänzlich ziel- und zukunftslose Jetzt öffnen, das ihn jeweils überkam, wenn er einige Stunden neben einem Fluss gegangen war. «Am nächsten ist man der Zeit, wenn man sie vergisst, im jetzigsten Jetzt, so wie ihr hier», sagte Wendo leise zur friedvollen Menschengemeinschaft.

Albers Wendo wollte gehen wie ein Fluss, der durch den Kreislauf zwischen Quelle, Meer, Regen und Versickern endlos wurde, seinen Anfang und sein Ende vergass. Ihm wollte es Wendo gleichtun. Denn die Natur kannte nur eine Richtung: Vorwärts – und dahin wollte auch Wendo streben – stundenweit, selbstvergessen, im Flow des fliessenden Gehens. Sonne, Fluss und Weg: sein Jetzt, alles was er hatte, Vergangenheit eine Chimäre, die Zukunft eine Illusion. Die Gegenwart war alles, was er gerade besitzen wollte und mit jedem Atemzug, jedem Schritt konnte er in dieser ankommen. Denn es war diese Gegenwart gewesen, die es ihm erlaubt hatte, der Geschichte seines Herzens endlich zuzuhören, und er hatte nicht das Gefühl, dass diese schon zu Ende wäre.

ZEHN

Wendo wusste, dass der Fluss neben ihm irgendwann ins Meer fliessen würde. Er hatte dem Kartenabschnitt nach dem Dorf bei seiner Planung allerdings keine grosse Beachtung geschenkt, da er davon ausging, dass er nur bis zu diesem Dorf, in dem er derzeit sass, wandern würde. Er würde einfach dem Fluss entlang weiterwandern, so sein neuer Plan.

Um seine Rückkehr machte er sich keine Sorgen. Flüsse und Küsten teilten die Eigenschaft, dass man an diesen früher oder später wieder Menschen begegnete, und traf man auf Menschen, dann waren meist auch Siedlungen nicht mehr weit und diese wiederum waren immer an den öffentlichen Verkehr angebunden oder zumindest an Strassen, die zum öffentlichen Verkehr führten. Auch der Gedanke an eine weitere spätsommerliche Nacht im Freien konnte Wendos Geist nicht trüben. Nur für seinen Magen und seine Kehle musste vorgesorgt werden. Er kaufte sich im Dorfladen zwei grosse Wasserflaschen, Brot, Käse, Äpfel, Nüsse, ein bisschen Schokolade und einen mobilen externen Akku für sein Handy. Nur für den Fall der Fälle, denn sein Smartphone liess er ausgeschaltet. Obwohl er momentan über so viel Zeit verfügte wie schon lange nicht mehr, hatte er gleichzeitig keine Zeit für sein altes Leben. Er war noch nicht bereit, dorthin zurückzukehren. Ein Blick auf den Bildschirm seines Smartphones hätte genau das bedeutet. Er hätte all die verpassten Anrufe gesehen, die eingegangenen Mails, die Nachrichten. Dafür war es jetzt noch zu früh. Er verstaute alles in seinem Rucksack und folgte der Dorfstrasse hinunter zum Fluss. Dort angekommen, wandte er sich nach links und begann gemächlich weiter-zuwandern.

Es war später Nachmittag, und vor ihm breitete sich eine beinahe ebene, gelbgrüne Feld- und Wiesenlandschaft aus. Durch diese mäan-derte der langsam strömende Fluss gemütlich dem Horizont entgegen. Baumgruppen säumten das Flussufer, Hecken trennten die Wiesen und Felder voneinander. Immer mal wieder tauchte ein Bauernhaus oder eine Scheune auf. Wendo gefielen diese Spuren menschlichen Le-bens. Auf seiner vorangehenden Bergwanderung, die ihn durch einen eher kargen und wilden Raum geführt hatte, hatte er das Gefühl gehabt, ganz alleine zu sein. Während Wolken, Wind, Steine und später auch

Bäume diese Welt geprägt hatten, säumten mittlerweile verschiedene Anzeichen menschlichen Lebens seinen Weg: Kühe und Schafe hinter stabil befestigten Zäunen, Heuhaufen, gehauenes Holz, dessen Duft bis in die Mitte des Weges reichte, ordentlich gestapelt, überdacht, vor Wind und Wetter geschützt. Obwohl er keine Menschen sehen konnte, hatte er nicht das Gefühl, alleine zu sein. Er wusste, dass die Menschen, welche diese wohltemperierten und Orientierung bietenden Strukturen geschaffen hatten, hier irgendwo sein mussten. Das gab ihm das Gefühl, hier gut aufgehoben zu sein.

Mit jeder neuen Kurve eröffnete sich ihm wieder ein neues Stückchen Horizont, wanderte Wendo tiefer in sein Leben, gelangte er tiefer in seinen eigenen Film. Es kam ihm vor, als würde er sich mit seinen Schritten den Horizont erarbeiten, ihn erneuern und erweitern. Schritt um Schritt um Schritt um Schritt. Jeder dieser Schritte war dabei auch ein Schritt auf seinem Erdenweg, und jede Horizontänderung eröffnete ihm einen neuen Standpunkt, während sie gleichzeitig seinen alten relativierte, Schritt um Schritt, von Bildgewinnungen zu Raumerschliessungen zu Horizonterweiterungen, Herzschlag um Herzschlag bis hin zum letzten offenen Horizont, hinter den nur die Gestirne gelangen konnten.

Albers Wendo liebte diese sich immer wieder verändernden – mal erweiternden, mal verengenden und nach einer Weile vollständig erneuernden – Horizonte. Als Kind hatte er bei Sonnenuntergängen jeweils den Gedanken gehabt, dass, wenn er nur genügend schnell zur Horizontlinie, hinter der die Sonne gerade verschwunden war, gelangte, für ihn immer Tag wäre. Eigentlich war er immer auf der Suche nach dem letzten Horizont, dem tiefsten Raum, dem grössten Gefäss gewesen, schoss es Wendo durch den Kopf. Vielleicht war es auch das, was ihn am Besteigen von Bergen am meisten interessierte: der sich für den Gipfelstürmer um 360 Grad öffnende Panorama-Rundblick, der den Horizont weitete. Die Astronomie ist eine Geschichte der zurückweichenden Horizonte, hatte der Astronom Edwin Powell Hubble gesagt. Nach ihm war das berühmte Hubble-Weltraumteleskop benannt worden, dessen Aufnahmen den Menschen einen noch nie dagewesenen, unvorstellbar tiefen Einblick ins Universum gewährten. Ein Einblick, dessen Ausblick den damaligen Horizont der Menschheit bis in die Frühzeit des Universums erweitert hatte. 13,4 Milliarden Jahre lang musste das Licht von den von Hubble am weitesten entfernt entdeckten Sternen bis zur Erde reisen. Ein Blick zurück in die Vergangenheit, zu den Anfängen des Universums, nahe beim Urknall, der sich vor 13,7 Milliarden Jahren ereignet hatte.

Auch die Wissenschaft selbst ist eigentlich nichts anderes als eine Geschichte der zurückweichenden Horizonte, dachte sich Wendo, wobei sich die Horizonte im Kleinen – von den Molekülen zu den Atomen zu den Quantenfeldern und schliesslich zur dunklen Energie – wie im Grossen verschieben konnten: vom nächtlichen Gemälde des Himmelszeltes zu den Planetensichtungen, von den Planetensichtungen zu den Planetenbegehungen – von einem erdzentrierten Bild des Alls über ein sonnenzentriertes Verständnis des Kosmos bis hin zur Vermutung eines zentrumslosen Universums. Von Bildgewinnungen zu Raumerschliessungen zu Horizonterweiterungen. Das Erschliessen von Räumen folgte immer demselben Muster.

Und wieder hatte Wendo ein Bild durchschritten. Er war um eine Kurve gebogen und sah, welches neue Bild ihm der Horizont soeben eröffnete: eine Feuerstelle direkt am Fluss, daneben eine offene Scheune, dahinter ein Wanderweg durch ein leicht nach oben ansteigendes, in vollster Reife stehendes Weizenfeld vor einem blauen Himmel. Albers Wendo liess die Feuerstelle links liegen, warf einen flüchtigen Blick in die verwitterte Scheune und bog dann ins Weizenfeld ein. Auch dieses Bild werde ich durchschreiten, dachte sich Wendo. Ich, der komplexe Zellhaufen, eine Zellenmaschine, die durch diesen Raum, durch diese Wunderwelt marschiert, angetrieben durch mein Herz, dieses pumpende, zuckende Stück Fleisch, das hohl werden konnte, in dem sich ein Schacht auftun konnte, in den ich mich letzte Nacht auf dem Felsen endlich hinuntergewagt hatte. Vom Herzen war Wendo schon länger fasziniert. Seit letzter Nacht, als er in dieses hinuntergestiegen war, als er einen neuen Zugang zu seinem eigenen Herz gefunden hatte, war er dies umso mehr. Wendo hatte unlängst gelesen, dass die neuere Wissenschaft erst kürzlich hatte aufzeigen können, dass die zwei Organe Herz und Hirn anscheinend eine engere Beziehung pflegten, als man bis anhin dachte. Bereits bei den alten Ägyptern hatte das Herz ja denken können, war es der Sitz der Seele gewesen. Etwas später hatte der griechische Philosoph Aristoteles ebenfalls vermutet, dass dieser faustgrosse und 300 Gramm schwere Muskel die Seele beheimatete und dass dort auch die Gefühle ihren Ursprung nahmen. Der rund 2'000 Jahre darauf folgende französische Philosoph René Descartes hatte den Quellgrund der Gefühle dann in den Kopf, genauer in die Zirbeldrüse, verlegt. Vor einiger Zeit hatte Wendo gelesen, dass diejenigen Bereiche des Gehirns, die für die Gefühle der Menschen zuständig waren, auch die Empfänger der Informationen aus dem physischen Herzen waren. Man hatte herausgefunden, dass das Herz ein eigenes neuronales Netzwerk mit Neurotransmittern, Rezeptoren und Hormonproduktion besass, dessen magnetische Spannung noch mehrere Meter ausserhalb des Körpers messbar war. Das physische Herz stand über 100'000 Kilometer Blutgefässe mit allen Zellen des Körpers in Verbindung und nahm so Informationen aus Blut und Zellen wahr. Es war das mit dem Hirn durch Nervenverbindungen am besten vernetzte Organ des menschlichen Körpers, wobei die Verbindungen von Herz zu Hirn überwogen. Wie hatte er diese starke Verbindung nur vergessen können? Wie und wann hatte er verlernt, auf sein Herz zu hören? Wann und warum war ihm dieser Gefühlsanzeiger entglitten? Wendo erkannte, dass er diese Herz-Hirn-Verbindung in den vergangenen drei Jahren Medmeritum völlig vernachlässigt hatte. Erst durch seinen Unfall auf dem Wanderweg und die darauf folgende Nacht auf dem Felsen hatte er diese enge Verbindung wieder entdeckt. Jetzt, hier, in diesem reifen Weizenfeld, drei Jahre nach seiner Ankunft in diesem Land begann Albers Wendo zu verstehen, dass er in den letzten Jahren zu hirngetrieben und zu wenig herzgetrieben gewesen war, dass er zu stark auf sein planendes, urteilendes Hirn und zu wenig auf sein fühlendes, anzeigendes Herz gehört hatte. Wie wunderbar, dass ich Dich wieder zurückgewonnen habe, sprach Wendo laut, während er seine Hand auf sein Herz legte und stehen blieb. «Du, mein Herz! Mein Motor, mein Gefühlsanzeiger und gleichzeitig mein Uhrwerk mit der besten Zeitgenauigkeit», rief Albers Wendo Hand-auf-Herz, während er den Kopf in den Nacken legte und an den Ähren vorbei in den blauen Himmel blickte. Mein Herz, das mich, die Raummaschine Mensch, pumpend antreibt, mich durch dieses Weizenfeld wandern, mich denken und fühlen lässt und mir zugleich die untrüglichste Sanduhr ist. Meine Lebenssand-Zeituhr, die meine Lebenszeit, meine Lebenssand-Zeit ablaufen lässt, ohne mich dabei jedoch je einen Blick auf den Sandstand werfen zu lassen – was vermutlich ohnehin mit gutem Grund der beste Trick des Lebens war. War es doch erst die Unmöglichkeit des Wissens um seinen eigenen Todeszeitpunkt, dieses tiefste und allbestimmendste Geheimnis des Lebens, das dem Leben erst seinen Geschmack verlieh. «Wer hat unsere Lebenszeit nach welchen Vorgaben designt? Wer hat unsere Entwicklungen aufgewickelt?», rief Albers

Wendo den Ähren zu seiner Rechten entgegen, die sich unbeeindruckt und schweigend weiter in den blauen Himmel reckten. War die Zeit eine Ausgeburt des Universums? Ein Mitbringsel des Urknalls? Oder entstand sie, wie Immanuel Kant meinte, alleinig in unseren Köpfen? Als jugendlicher Bergsteiger war er – alleine oder in Seilschaft mit Freunden – oft in einem Flow-Zustand gewesen, der sich zeitlos anfühlte. In jenen Momenten war er selbstvergessen gewesen, völlig aufgegangen in einer Tätigkeit, bei der das eine das andere ergeben hatte. Da hatte er die Zeit vergessen, er war ihr abhandengekommen. War er hingegen später als junger Manager in einem Unternehmen mit einer unangenehmen Tätigkeit beschäftigt oder stand er unter Stress, dann war die Uhr sein wichtigster Partner. Sein Blick wanderte dann ständig zur Uhr, überprüfend, ob ihm noch genug Zeit blieb und ob er gewisse Tätigkeiten schneller erledigen oder sie gleich überspringen sollte. Hier, mitten in diesem Weizenfeld, in welches ihn diese eigenartige Wanderung geführt hatte, schien ihm gerade, dass nicht mehr die Uhr an seinem Handgelenk, sondern die Sonne über ihm im Verbund mit der Erde seine Zeitwahrnehmung rhythmisierte, während er gleichzeitig in seiner Brust seine innere Uhr, seine biologische Uhr, seine individuelle Lebenszeit schlagen hören konnte. Unbeirrbar, stoisch, Schlag um Schlag, bis die rund drei Milliarden Herzschläge, die jedem Menschen durchschnittlich zur Verfügung stehen, aufgebraucht waren, die letzten Worte in seiner Geschichte gesagt waren und in der fortlaufenden Erdenzeit auf nimmer Wiederhören verhallten.

«Es ist der Lauf der Sonne, der unsere Zeit schafft», hörte er das Sonnenmännchen sagen. Bei der Medmeritum AG hingegen war es weder die Sonne noch sein Herz gewesen, welche ihm den Takt vorgegeben hatten. In den letzten Jahren war es ausschliesslich die Uhr an seinem Handgelenk gewesen, die ihn rhythmisiert hatte. Er hatte –hirngetrieben – geglaubt, den Weg an die Unternehmensspitze ausmessen, seine Karrierelaufbahn berechnen und planen zu können. Doch als ihn an jenem Montagmorgen seine wichtigsten Mitarbeitenden verlassen hatten und sein alter Weggefährte, die Angst, in sein Herz zurückgekehrt war, hatte ihn seine Herzuhr daran erinnert, welche Stunde es wirklich geschlagen hatte, hatte ihm seine Herzuhr angezeigt, was es zu jener Stunde tatsächlich zu erledigen gegeben hätte und was er erst letzte Nacht, auf dem Felsen im Wald, endlich erledigt hatte. Erst da, nach diesem Unfall, hatte es Albers Wendo geschafft, sich der Angst, seinem Selbstbildnis nicht zu genügen, zu stellen. Doch eigentlich hätte ihn sein Herz, seine wertvollste, seine einzige echte Uhr, bereits an jenem Montagmorgen in seinem Büro bei der Medmeritum AG daran erinnert, dass er vor seinem eigenen Schatten, der Angst, seinem Selbstbildnis nicht zu entsprechen, nicht wegrennen konnte.

Wenn im Herzschlauch des Embryos, nach 22 Tagen, lange bevor das Hirn seine ersten Informationen verarbeitete, diese durch Zellen aufgebauten elektrischen Erregungen sich zu entladen begannen, wenn sich diese ersten Impulse, die ersten Kontraktionen des Herzschlauches ereigneten, dann begann auch die Sanduhr der menschlichen Lebenszeit zu rinnen. Dann hatte der erste Schlag des wichtigsten Rhythmus des Lebens – der erste Herzschlag, der Big Bang jeder menschlichen Existenz – die einzige echte Uhr mit der untrüglichsten Zeit in Gang gesetzt. Wer von all den Menschen, die je über diesen Erdball gewandert waren, hatte dann noch die Zeit gefunden, um sitzenzubleiben, um der wichtigsten Erzählung, der Geschichte seines eigenen Lebens, von Anfang bis Ende zu lauschen? Und wann würde es an der Zeit sein, dass diese endete – oder stand dies gar noch offen? Musste er seine Geschichte noch zu Ende schreiben oder war sie bereits zu Ende geschrieben? Und falls Letzteres der Fall sein sollte, würde dann überhaupt jemand die Gnade besitzen können, das vollständige Bild zu Ende zu schauen, der Entfaltung, den Entwicklungen seines eigenen Lebens bloss schauend beizuwohnen in stiller und passiver Betrachtung? Horizonterweiterungen bedingten Raumerschliessungen und Raumerschliessungen bedingten Bildgebungen, wobei der Mensch sich den Raum erschliessen, seinen Horizont erweitern musste. Der Mensch musste aufstehen und sich ein Bild von der Welt machen, nur schon um seinen Hunger und Durst stillen zu können, um zu überleben. «Und was war mit der längsten Geschichte überhaupt?», schoss es Wendo durch den Kopf. Gab es jemanden, welcher der grössten aller Erzählungen, der Geschichte des Universums, vom Aufgang des Alls bis zu seinem Untergang zuhörte? Die längste Geschichte, überkam es Albers Wendo im Weizenfeld am Fluss, die längste Geschichte kam aus dem dunkelsten Grund, eröffnete den weitesten Horizont und erzählte vom hellsten Leben. Sonne und Mond, Tag und Nacht, Leben und Tod – das Prinzip von Licht und Schatten, die älteste Erzählung: Dunkel gegen hell, hell gegen Dunkel. Wessen Herz würde wohl lange genug trommeln, um dieser Geschichte bis zum Ende zu lauschen?

ELF

Als die Dämmerung heraufzog, lag das Weizenfeld hinter Albers Wendo. An einer Weggabelung entdeckte er eine schlanke, ältere Frau in einem grauen Kleid, die entspannt auf einer Holzbank sass. Sie hatte lange grau-weisse Haare, die sie sorgfältig zu einem Zopf zusammengeknotet hatte. Ihre weichen und sanften Gesichtszüge waren mit einigen wenigen, aber dafür tiefen Lachfältchen rund um Mund und Augen versehen. Eine rote Strickjacke lag neben ihr auf der Bank. Die Frau lächelte, und Wendo grüsste sie. Als er auf ihrer Höhe war, nahm sie ihre Strickjacke auf die Knie und beschied ihm mit einer ruhigen Handbewegung, sich zu ihr zu setzen. Eine Weile sassen sie schweigend nebeneinander, liessen sich von der Dunkelheit einhüllen und sahen dem Vollmond beim Aufgehen zu. Die Frau duftete nach Salbei, Minze und etwas, das Albers noch nie gerochen hatte. Er mochte diesen Duft, der ihm diese fremde Frau eigenartig vertraut erscheinen liess.

«Das scheint eine klare Nacht zu werden», brach Wendo schliesslich das Schweigen.

«Ja, sternenklar. Schön!»

«Sind Sie öfter hier?»

«Ja, sehr oft. Das ist meine Lieblingsbank. Gerne beginne ich meine Nächte hier und beobachte, wie der Mond aufgeht.»

«Sie starten Ihre Nächte … dann arbeiten Sie nachts?»

Die Frau lachte. «Arbeiten. Nun ja. Vielleicht könnte man es so bezeichnen. Ich sammle in Vollmondnächten gerne Pilze und Kräuter.»

«Ah ja?», entgegnete Wendo interessiert. «Und was machen Sie dann mit denen?»

«Was immer meine Kunden gerade wünschen. Tinkturen gegen Magenbeschwerden, Salben gegen Hautausschläge. Der Vollmond zeigt mir an, dass die Zeit fürs Pflücken reif ist, und weist mir dann den Weg durch die nächtliche Wunderwelt der heilenden Pflanzen und Pilze.»

«Aha». Wendo gelang es nicht, vollständig die Skepsis im Tonfall zu unterdrücken, und er beeilte sich darum schnell, ein «Erzählen Sie mir mehr!» folgen zu lassen, in der Hoffnung, dass die Frau weitersprach.

«Die Erde und ihre Bewohner folgen seit jeher dem Rhythmus der Gestirne, diesem Wunderwerk über unseren Häuptern – auch demjenigen des Mondes, der zusammen mit der Erde geboren worden ist. Während uns der Sonnenlauf die Tageszeit schenkt, bündeln uns die Mondphasen die Tage zu Monaten und diese lassen sich dann den Jahreszeiten zuteilen. Mittels Frühling, Sommer, Herbst und Winter können wir dann wiederum die Jahre zählen, mit denen wir schlussendlich Lebenszeit messen.»

«Und warum müssen Sie ihre Pflanzen bei Vollmond pflücken?»

«Bei Neu- und Vollmond stehen Sonne, Mond und Erde in einer Linie. Das spüren nicht nur die Meere ...»

«Sondern?»

«Alle Lebewesen – und sei es nur, weil sie wegen des hellen Mondlichtes schlechter schlafen», sagte die Frau und kicherte kurz auf.

«Sie glauben also an einen direkten Einfluss des Mondes auf den Menschen?»

«Eher indirekt, es hat mehr mit stabilisierenden Rhythmen, Gegengewichten und Ruhe zu tun – und Glauben.»

«Das müssen Sie mir jetzt erklären ...»

«Erklären, oh je, das wäre, als wollte man mit einer Gabel eine Suppe essen», die Frau blickte Wendo mit einem verschmitzten Lächeln an. «Kommen Sie mit, ich werde Ihnen etwas zeigen.»

Wendo gefiel die heitere, gelassene und offene Art der Frau, dass er sich ohne weitere Fragen erhob und ihr in den Wald, der hinter der Holzbank begann, folgte. Aus unerklärlichem Grund hatte Albers Wendo ihr von Anbeginn ihrer Begegnung vertraut. Nach einer Weile schweigsamen Wanderns durch die Dämmerung und einen immer dunkler werdenden Wald traten sie auf eine Lichtung hinaus, auf der ein kleines Holzhäuschen stand. Wendo wähnte sich in einem Märchen. Er kniff sich beherzt in den Unterarm, doch der unmittelbar darauf folgende Schmerz versicherte ihm untrüglich: Hier ist alles echt:

Die Mondfrau, der Wald, das Häuschen. «Heut' Nacht haben wir einen Blutmond am Himmel stehen, und mein Mann und ich werden ein Fest zu seinen Ehren besuchen», sagte die Frau, als sie das Häuschen erreicht hatten. «Wenn Sie mögen, dann dürfen Sie gerne mitkommen. Doch zuerst wollen wir noch eine Kleinigkeit essen, einverstanden?» Wendo fand die Situation bezaubernd. Nach all den einsamen Stunden des Wanderns war ihm sehr nach Gesellschaft zumute, und er nahm die Einladung der Mondfrau mit einem breiten Lächeln herzlich dankend an. Als er durch die Tür in die kleine Hütte trat, entfuhr ihm ein Ruf des Erstaunens. Am Esstisch im Häuschen sass das Männchen aus dem Geröllfeld, mit dem sich Wendo zu Beginn seiner Wanderung unterhalten hatte, der Sonnenfan, der so mir nichts, dir nichts verschwunden war – und er erkannte ihn sogleich. Das Männchen sprang auf, ging um den Tisch herum, packte Wendos Hand und begann, sie freudig zu schütteln.

«Welch Überraschung! Welch freudiges Ereignis! Bitte entschuldigen Sie, dass ich das letzte Mal so schnell entschwunden bin, ohne Ihnen Adieu zu sagen, aber die Schatten waren schon viel zu lang geworden für mich. Wie ist es Ihnen denn ergangen seit unserem Treffen auf dem Berg?»

«Na ja, abgesehen von einem eher üblen Sturz, der mich ein wenig aus der Bahn geworfen hat …»

«Ach Herrje! Was ist denn geschehen?»

«Ich war wohl etwas zu stark mit meinen Gedanken beschäftigt und daher etwas unachtsam. Dann bin ich gestolpert, den Berg hinuntergerollt und auf einem Felsen aufgeschlagen.»

«Haben Sie sich verletzt?»

«Mein Kopf hat wohl ein paar Schrammen abbekommen …»

«Lassen Sie mal sehen», sagte die Mondfrau, ging an ein Kästchen hinter dem Esstisch und kam mit ein paar Salben zurück an den Tisch. Wendo war gerührt über die Sorgsamkeit der beiden und liess sich von der Frau den Kopf untersuchen.

«Ja, das wird wohl eine kleine Narbe geben», murmelte es hinter seinem Rücken, «darf ich Ihnen ein wenig Salbe auftragen? Diese wird die Wundheilung beschleunigen.»

Albers bejahte und spürte, wie die Finger der Frau mit sanften kreisenden Bewegungen eine kühlende Salbe auftrugen.

«Uns alle wirft es ab und an mal aus der Bahn. Zum guten Glück sind Sie noch glimpflich davongekommen. Bergsport ist nicht ganz ohne …»

«Ich weiss, ich weiss – ich war früher ein geübter Berggänger, aber ich war lange nicht mehr auf einem Berg.»

«Ach ja?», fragte das Männchen interessiert. «Und was hat Sie wieder hochgebracht?»

«Wenn ich das so genau wüsste», entgegnete Wendo. Er verstummte und wurde nachdenklich. Das Männchen schwieg ebenfalls und begann ein Loch in die Luft zu starren. Es wurde still im Häuschen. Die Nacht hatte sich unterdessen vollständig auf den Wald gelegt und das kleine Häuschen eingehüllt. Das Zirpen der Grillen drang lautstark durch das geöffnete Fenster. Ein sanfter, kühlender Wind strich durch das Holzhäuschen.

«Ich glaube, ich bin müde – leistungsmüde – geworden», sagte Albers Wendo nach einiger Zeit. «Irgendwie sehe ich den Sinn nicht mehr, in dem, was ich tue.»

«Was tun Sie denn?»

«Ich verkaufe medizinische Geräte, Apparaturen für die Diagnostik.»

«Na, das ist doch etwas Sinnvolles! Sie helfen den Menschen dabei herauszufinden, warum sie krank sind.»

«Eigentlich schon, ja. Ich verkaufe etwas Sinnvolles … nur ging es mir in den letzten Jahren mehr ums Verkaufen an sich – und um den Aufstieg in höhere Positionen. Wenn ich ehrlich bin, dann ging es mir nur um den Aufstieg.»

«Aha», bemerkte das Männchen mit einem Gesichtsausdruck und einer Stimme, die nicht darauf schliessen liessen, wie dieses Aha gemeint war. Wendo blickte aus dem Fenster in den finsteren Wald.

«Aber warum wollten Sie denn im Unternehmen auch noch hoch hinaus? Genügten Ihnen die Berge nicht?»

Albers musste lachen. «Doch! Nein! Also ich meine …», brach es aus Wendo heraus. Dann hielt er inne. «Bitte entschuldigen Sie mich einen Moment.» Er hielt es auf dem Stuhl nicht mehr aus und ging ans Fenster, um Luft zu schnappen. Was tat er hier? Er kannte dieses Männchen nicht und ebenso wenig die Frau. Warum erzählte er ihnen derart persönliche Dinge aus seinem Leben? Warum hatte er ein solches Vertrauen zu diesen Leuten, und wohin führte ihn diese seltsame Reise, die er vor zwei Tagen so unvermittelt begonnen hatte? Er konnte nicht einmal sagen, warum er nach drei Jahren auf diesen Berg gefahren war.

Drei Jahre lang hatte er in seinem Schatten von morgens früh bis abends spät nur gearbeitet. Wenn er nicht in der Stadt war, dann sass er in irgendwelchen Sitzungszimmern, Hotelzimmern, Wartezimmern, Restaurants, Taxis, Büros. Er redete von Zahlen und Vorteilen, hörte andere Leute dazu Fragen stellen, blickte auf Computerbildschirme, sprach in Mikrophone, tippte auf Tastaturen und drückte Knöpfe, die ihn in obere Etagen bringen sollten. Was hatte ihm das Ganze gebracht? Nach seinem Gespräch damals mit Fenon Hauker war eine knappe Woche verstrichen, bis Hauker eines Morgens an seine Bürotür geklopft hatte. «Ich habe mit dem Alten gesprochen», hatte er beim Eintreten gesagt. «Darf ich mich setzen?» Wendo hatte bejaht und unhörbar tief eingeatmet, er hatte gewusst, jetzt würde ihm sein Vorgesetzter verkünden, was der Alte, Heino Kaspis, Vorsitzender des Verwaltungsrates der Medmeritum AG, ihm beschieden hatte. Heino Kaspis hatte nicht nur den Vorsitz des Verwaltungsrates der Medmeritum inne, er sass auch im Vorstand des Mutterkonzerns. Alle Direktiven aus dem Mutterkonzern für die Medmeritum AG gingen über Kaspis in die Medmeritum. Alle wichtigen Angelegenheiten hatte Hauker darum mit Kaspis abzusprechen.

Eine Zeit lang hatte Fenon Hauker einfach nur dort gesessen und Wendo grinsend angesehen. Albers Wendo hatte sich seine Nervosität nicht anmerken lassen wollen und grinste darum ebenfalls stillschweigend zurück. Irgendwann hatte sich Hauker vorgebeugt, mit seiner Hand auf Albers Wendos Tisch geklopft und gesagt: «Du bleibst.» Wendo hatte sich dieses Gespräch zuvor in unterschiedlichen Farben ausgemalt, hatte sich überlegt, wie er wohl reagieren würde. Für das soeben durch die Worte von Hauker eingeleitete Szenario hatte er sich vorgestellt, dass dieses den dunklen, tiefen Schacht in seinem Herzen schliessen werde, der sich an jenem Morgen, als ihm seine Mitarbeitenden ihre Abgänge eröffnet hatten, aufgetan hatte. Doch das tat es nicht. Nach der Nacht auf dem Felsen wusste er mittlerweile auch warum. Seine Angst vor einem Karriereknick, gar einem Karriereaus war nur die letzte Maske gewesen, die sein alter Weggefährte sich aufgesetzt hatte. In der Nacht auf dem Felsen hatte er ihm auch diese endgültig abgenommen. Endlich hatte sich Albers Wendo seinem alten, unheimlichen Weggefährten aufrichtig zugewandt, hatte ihm mutig ins Gesicht geblickt und erkannt, dass der Gefährte, der ihn seit seiner Jugend begleitete, seine Angst vor sich selber war. Selbstverständlich hatte sich Albers Wendo Fenon Hauker gegenüber nichts anmerken lassen. Unmittelbar nach Haukers erlösenden Worten hatte er sich mit einem erleichterten Lächeln im Stuhl zurückgelehnt, einmal kurz nach oben geblickt und dann mit festem Blick in Haukers Augen ein lautes und deutliches «Danke» über die Lippen gebracht. Hauker hatte wieder auf Wendos Tischplatte geklopft, diesmal mit aufgestellten Fingern: «Du wirst jetzt als Erstes zusammen mit unserer Personalabteilung Ersatz für die abgegangenen Mitarbeitenden suchen, das Team neu aufbauen. Dann wirst du weitermachen wie bisher. Selbstverständlich werden wir aber die von den Dreien vorgebrachte Kritik ernst nehmen. Ich erwarte von dir darum ein neues Mitarbeiterführungskonzept, in dem du ausführen wirst, wie du deine Mitarbeitenden in Zukunft besser in Entscheidungsfindungen wirst einbeziehen können. Heino Kaspis war es übrigens wichtig, dir ausrichten zu lassen, dass sein Vertrauen in dich nach wie vor ungebrochen sei, aber er wünscht sich von dir, dass du an deinen Teamplayer-Kompetenzen arbeitest. Tritt doch einfach einer Fussballmannschaft bei», Hauker lachte laut auf, «oder, warte, du bist doch ein Bergsteiger, brauchst du da keine Seilschaften? Oder sind Bergsportler Einzelkämpfer?» Albers Wendo musste schlucken. Haukers psychologischer Seitenhieb überraschte ihn. «B … beides», stotterte Wendo, «mit Seilschaften klettert es sich auf jeden Fall sicherer.» Fenon Hauker setzte sein breitestes Lächeln auf, zog beide Brauen kurz hoch und verliess das Zimmer.

Ein Räuspern hinter ihm holte Albers Wendo wieder in die Gegenwart zurück. Der Mann und die Frau hatten sich unterdessen auf eine Couch in der Ecke des Häuschens niedergelassen und waren beide in Bücher vertieft. Als Wendo auf sie zutrat, hob die Mondfrau ihren Blick und sagte mit ernstem Gesicht: «Sie sind genau am richtigen Ort, zur richtigen Zeit, guter Mann. Lassen Sie uns jetzt aufbrechen – und nehmen Sie Ihre Sachen mit.» Wendo verstaute seinen Pulli im Rucksack, den er in eine Ecke des Häuschens gestellt hatte, warf diesen anschliessend über die Schulter und wartete vor der Blockhütte auf seine beiden Gastgeber, die kurz darauf ebenfalls aus der Blockhütte traten und die Tür hinter sich abschlossen. «Los geht's!», rief ihm das Männchen zu. Wenig später verschwanden die drei im Wald hinter dem Häuschen.

ZWÖLF

Nachdem sie eine Weile schweigend durch den dunklen Wald gegangen waren, erreichten sie den Abstieg in ein verwachsenes Tobel. Ein steiler Weg führte durch Gestrüpp, zwischen Bäumen und Felsbrocken in die Tiefe. «Achten Sie gut auf Ihre Schritte», sagte das Sonnenmännchen und drehte sich nochmals zu Wendo um, bevor es mit dem Abstieg begann. Mit der Zeit nahm Albers Wendo ein Rauschen wahr. Unten in der Schlucht musste ein Fluss fliessen. Wohl derselbe, dem er seit der Nacht auf dem Felsen gefolgt war. Ein wenig später konnte er durchs Blätterwerk viele kleine Feuerchen ausmachen, die an den Ufern links und rechts des Wasserlaufes sowie an den Hängen oberhalb der Ufer entfacht worden waren.

Auf einem kleinen Plateau blieben die Mondfrau und das Sonnenmännchen stehen. «So. Hier werden wir uns für das Fest vorbereiten», sagte die Mondfrau bestimmt und beschied Wendo, sich zu setzen. Das Sonnenmännchen hatte bereits damit begonnen, ein kleines Feuerchen zu entfachen. Die Mondfrau öffnete ihre Tasche und begann einige Wurzeln und Tinkturen auszupacken. Wendo beobachtete sie interessiert. Als das Feuerchen loderte, stellte die Frau einen kleinen mit Wasser gefüllten Kessel auf das Feuer und gab die klein gehackten Kräuter und Wurzeln hinzu. «Mit diesem Trank wollen wir uns für die Nacht stärken», sagte sie. «Er wird uns Kraft geben, um unsere Schatten zum richtigen Zeitpunkt aufsteigen zu lassen.» Wendo hatte keine Ahnung, von was die gute Frau da sprach, aber er erinnerte sich an die Gabel-Suppen-Metapher, auf welche die Frau ihn zu Beginn ihrer Begegnung auf der Holzbank hingewiesen hatte und hielt es darum für angebrachter, vorerst auf Fragen zu verzichten. Vorerst. Der Trank schmeckte scheusslich. Wendo musste sich zusammennehmen, um das Ganze nicht umgehend wieder auszuspeien. Zum Glück genügten den beiden Druuiden ein, zwei Schlucke Wendos. Ihnen selbst schien der Trank zu bekommen. Sie leerten ihre grosszügig gefüllten Becher zügig. Anschliessend baten sie Wendo, seine Augen zu schliessen und sich auf das Knistern und Knacken des Feuers vor ihnen zu konzentrieren. Er tat wie geheissen und versank umgehend im Output seines Quellgrundes. Er sah Bilder von tanzenden Menschen mit verzerrten Fratzen, bucklige Waldschrate mit Zahnlücken, Hexen mit krummen, warzigen Nasen und adrett gekleidete Zwerge mit Pfeifen im Mund. Alle schienen sie sich zu amüsieren ob dem verängstigten, stolpernden Wendo. Walpurgisnacht, schoss es aus dem Quellgrund. Wir besuchen eine Walpurgisnachtfeier – «und das hier muss dann wohl der Blocksberg sein», unterbrach Wendo aktiv die Bilder- und Gedankenkette und musste über sich selbst lachen. Er konzentrierte sich auf seine Atmung, liess den Quellgrund sprudeln und wurde ruhig.

Nach einer Weile vernahm er den metallischen Klang eines kleinen Gongs. Seine Augen öffnend, sah er, dass sich das Sonnenmännchen und seine Frau dunkle, rote Farbe ins Gesicht geschmiert hatten. Die Mondfrau lächelte Wendo schelmisch an. «Genau, richtig erraten.» Wendo wollte zuerst noch protestieren, doch er wusste, dass es längst zu spät war. Er musste jetzt einfach mitziehen – ohne Fragen und wohl besser auch ohne allzu viele Gedanken. Er steckte wohl schon zu weit drin, als dass er noch zurück gekonnt hätte.

Nachdem die Mondfrau auch sein Gesicht mit roter Farbe bemalt hatte, trat das Sonnenmännchen das Feuer aus, verstaute alle Utensilien und baute sich dann langsam vor Wendo auf, was auf Wendo unfreiwillig einen etwas komischen Eindruck machte, da es so klein und schmächtig war und es nicht wirklich viel zum Aufbauen gab. Albers Wendo lächelte das Sonnenmännchen an. «Lieber Albers», begann dieses, nachdem sie sich eine Weile schweigend angelächelt hatten. «Wir wertschätzen deinen Mut, uns zu vertrauen, und versprechen dir, dich wohl durch diese Nacht, diese Schlucht, dieses Ritual zu führen. Lass uns nun aufbrechen. Wir werden dich jetzt in unsere Mitte nehmen.» Die Mondfrau gesellte sich zu ihnen und beide deuteten an, ihn umarmen zu wollen. Albers Wendo war von der Geschwindigkeit, mit der er ebenfalls seine Arme ausbreitete und den Beiden seine Arme um die Schultern legte, überrascht. Lag es am Trank? Lag es an der ausserordentlichen Situation, in der sich Wendo nunmehr seit zwei Tagen befand? Albers Wendo blickte ohne Umschweife direkt in den Quellgrund seines Bewusstseins. Dieser versiegte augenblicklich und sein Geist wurde still.

Bis hinunter zum Flüsschen war es nicht mehr weit. Überall an den Hängen waren Menschen beim Abstieg zu beobachten. Ältere Menschen, jüngere Menschen, Menschen im mittleren Alter – und alle hatten sie rote Gesichter. Einige führten Trommeln, Tamburine oder sonstige Perkussionsinstrumente mit sich. Andere wiederum hatten Flöten oder Gitarren bei sich. Wendo ging mit seinen Begleitern am Flüsschen entlang, bis sich dieses verbreiterte und die Hänge links und rechts davon einen grossen Felszylinder zu bilden begannen. Die breiten Flussufer zu beiden Seiten waren inzwischen mit feinem Kies, Sand und kleinen Dünen bedeckt. Die Menschenschar versammelte sich auf der breiteren Seite des Flusses, wo auf einem Sandhügel ein grosses

Feuer prasselte. Daneben stand ein bärtiger Mann und blickte ruhig ins Feuer. Das Murmeln der an die 100 Personen verstummte langsam. «Willkommen Freunde!», hob der Mann unvermittelt an. Seine feste Stimme hallte im grossen Felsenzylinder. «Willkommen zum cauda draconis! Auf dass uns das Schwert von Ketu von all dem trenne, was wir nicht mehr benötigen!» Schnell anschwellender Applaus brandete aus der Menge, einige jubelten, Trommeln wurden geschlagen. Der Bärtige hob kurz die Hand, und die Menge verstummte langsam wieder. «In ungefähr einer halben Stunde wird Selene in den Schatten der Erde, in unseren Schatten, eintreten und ihre Naturmagie wird sich vor unseren Augen entfalten. Wir wollen sie herzlich begrüssen mit unserem Mondgesang. Aylin, darf ich dich bitten?» Zu Wendos Überraschung setzte sich jetzt seine Begleiterin in Bewegung und trat aus der Menge auf den Bärtigen zu. Dieser umarmte sie herzlich und beschied ihr, auf den Sandhügel zu steigen. Es wurde still in der Schlucht. Nur das Plätschern des Wassers und das Knistern und Knacken des Feuers waren zu hören. Alsdann setzte Wendos Begleiterin zu einem hellen, klaren Sprechgesang an, dessen eingängige, einfache Melodie sich ständig wiederholte:

Oh heilige Selene, Du wurdest zusammen mit der Welt geboren, gibst ihr seit jeher Halt, befeuerst so das Leben und schaffst Vielfalt.

Oh heilige Selene, Dein Bruder geleitet durch den Tag, Du führst durch den Monat. Du leitest die Welt ins Licht, Dein Bruder sie wieder zurück in die Dunkelheit.

Oh heilige Selene, Dein sanfter Schein, den Schlaflosen ein Licht, den Lichtlosen ein Licht, den Lichtvollen ein stilles Versprechen auf die Wiederkehr des Tages.

Oh heilige Selene, Deine Helligkeit kühlt die Erde, eine silberne Erinnerung an Deinen strahlenden Bruder, den Du empfängst und widerspiegelst, dem Du seit Anbeginn der Zeiten treu nachfolgst.

Oh heilige Selene, Du kennst nur Kälte und erinnerst doch durch Dein friedvolles Licht an die Rückkehr von Wärme und Hitze.

Oh heilige Selene, Du strahlst nicht wie Dein Bruder, Du leuchtest und lässt dabei die schlafende Welt glänzen.

Oh heilige Selene, Dein Bruder lässt die Welt durch seine Strahlen gedeihen, doch in Deiner Ruhe wird die Saat ausgebracht.

Oh heilige Selene, in Deinem geheimnisvollen Angesicht kommen wir allein zu Kräften, finden gemeinsam zueinander und wachsen zusammen.

Oh heilige Selene, Du erhellst unsere Träume, damit wir tief in uns selbst hinabtauchen können.

Oh heilige Selene, Du kennst all die Geheimnisse, die sich nur im Dunkeln an die Oberfläche wagen.

Oh heilige Selene, wenn unser Erdschatten Dich wieder gefüllt hat, dann färbst Du Dich rot, trinkst unsere Dunkelheit aus und verwandelst sie für uns in Lebenssaat.

Als die letzten Töne des Gesangs von Aylin verstummt waren, blieb es lange still im Felsenzylinder. Dann begannen die Trommeln einen einfachen, langsamen und sich ständig wiederholenden Rhythmus zu schlagen. Die Perkussionsinstrumente stiegen darauf ein, und am Schluss nahmen die Melodie- und Harmonieinstrumente die von Aylin zuvor gesungene Melodie wieder auf und ergänzten sie durch neue oder transponierte Tonfolgen. Jetzt begann auch die Menge zu singen, immer und immer wieder die letzte Strophe wiederholend. Die Musik füllte den Felsenzylinder, wurde von den Wänden wieder zurückgeworfen und zog die Menge in ihren Bann. Auch Albers Wendo begann mitzusingen, die Melodie gefiel ihm und er wiegte sich mit geschlossenen Augen im Takt hin und her. Er fühlte sich aufgehoben und geborgen.

Als Wendo seine Augen nach einer Weile wieder öffnete, konnte er sehen, wie die Leute, die dem Fluss am nächsten standen, kleinere und grössere Holzstücke in den Fluss entliessen. Teilweise hatten sie kleinere Kerzen darauf stehen, wieder andere glichen eher kunstvoll geschnitzten kleinen Booten mit Verzierungen aus Blüten, Steinen, Gräsern oder anderen Hölzern. Auch das Sonnenmännchen, das die ganze Zeit über still neben ihm gesessen hatte, packte ein mit verschiedenen Schnitzereien versehenes Holzstück aus seiner Tasche und forderte Wendo mit einer Handbewegung auf, mitzukommen. Am Ufer angekommen sagte der Sonnenverehrer: «Dieses Stück habe ich für Dich geschnitzt, Wendo. Nimm diese Kreide, hier hast Du Platz, um etwas darauf zu schreiben. Überlege Dir, was Du Selene mitgeben willst, wenn sie sogleich in unseren Schatten treten wird. Was willst Du loswerden? Was brauchst Du nicht mehr?» Wendo setzte sich auf die Steine am Fluss und beobachtete, wie die Menschen um ihn herum ihre Holzstücke dem Fluss übergaben. Was wollte er diesem Fluss übergeben? Albers Wendo holte tief Luft, schrieb auf das im Holzstück befestigte Schiefertäfelchen «Erfolgssucht» und wischte es gleich wieder weg. Das war es nicht; das Streben nach Erfolg war nicht der letzte Grund, warum es ihn vor sich selbst ängstigte. Der wahre Treiber, der echte Auslöser seiner Angst vor sich selbst, war die Angst, nicht gut genug zu sein, so wie er war. Es war die Angst vor sich selbst, die Furcht, nicht dem zu entsprechen, was man sein wollte, was man doch sein musste, sein sollte. Es war die Angst, sich selbst nicht gut genug zu sein – so wie er eben war. Albers Wendo nahm die Kreide und schrieb mit fester Hand «Alle fixen Ideen über mich selbst» auf das Holzstück und warf es in hohem Bogen in den Fluss zu seinen Füssen. Selene sollte all seine Ideen, die er über sich selbst hatte – dass er für eine Karriere in einem grossen Unternehmen geschaffen war, dass er mehr und besser arbeiten konnte als andere, dass er alles kontrollieren musste, weil nur seine Vorstellung zielführend war, dass seine eigenen Vorstellungen, die er über sich selbst hatte, auf keinen Fall scheitern durften – all diese Ideen sollte sie mitnehmen, sollte sie auf ewig mitnehmen, weil sie ihn ängstigten, ihm in der Sonne standen und ihre Schatten ihn in jüngster Vergangenheit zu erdrücken drohten.

Wendo blickte gedankenversonnen seinem Holzstück nach, während dieses in den Wellen auf- und abtauchte. Plötzlich begannen die Menschen um ihn herum nervös zu werden, einige begannen zu jauchzen und zu schreien, und alle blickten sie gebannt zum Himmel. Wendo folgte ihren Blicken und sah, dass sich der Vollmond, den Wendo zu Beginn dieser Nacht zusammen mit der Mondfrau noch hatte aufgehen sehen, sich bereits beinahe vollständig verfinstert hatte und an den Rändern kupferrot zu leuchten begann.

79

DREIZEHN

Blutrot hing der Mond über dem Felsenzylinder, aus dem inzwischen nicht mehr die Musik von Trommeln, Flöten und Gitarren, sondern schneller, harter Technosound all-durchdringend in den sternenklaren mit Trilliarden von funkelnden Sonnen übersäten Nachthimmel aufstieg. Die Naturmagie des Ortes und die Wirkmächte der elektronischen Musik hatten die tanzende Menge am Fluss nach wenigen Minuten bereits vollends in ihren Bann gezogen.

Auch Albers Wendo bewegte sich mitten in der Menge traumverloren und ziellos zu den lauten Klängen aus den grossen schwarzen Boxentürmen, die zu beiden Seiten des Flusses aufgestellt worden waren. Mit jedem Auftreten seiner nackten Füsse auf dem sandigen Boden wurde Albers Wendo sich seiner Kraft gewahr, seiner Lebenskraft, die in ihm steckte. Das Stampfen im Takt der grossen Trommel machte ihn wach, verband ihn mit dem Boden unter seinen Füssen. Es erdete ihn. Seine sich bewegenden Arme und Beine, sein sich drehender Körper, liessen ihn seinen Stand, seine Grösse, seinen Körper spüren. Die grosse Trommel, die Bassdrum, der Taktgeber, der stetig treibende schnelle Herzschlag, die Kraftmaschine, liess, das ganze Soundgebilde tragend, die Tanzenden stampfend ihre Lebenskraft spüren, liess sie vor Freude jauchzen, jubeln, schreien. Die Snare, das Gegengewicht zur grossen Trommel, machte den Musikmotor vollständig, so schien ihm, liess den Antrieb rund laufen; die daraus resultierende Energie trieb ihn an, liess ihn durch Zeit und Raum tanzen, den zischenden, blinkenden, vorauseilenden, richtungsweisenden Hi-Hats folgend, während über allem die Synthesizer thronten, die Könige dieser Musikgeflechte. Bei geschlossenen Augen verwandelten sie sich in mächtige Drachen, die im Fahrtwind des Musikmotors ihre grossen, oszillierenden Schwingen langsam öffneten und wieder schlossen, dabei immer höher und höher stiegen, bis zum Zenit – um sich von dort mit schauerlichem Geheul wieder in die Tiefe zu stürzen. In die Tiefe, noch unter den Musikmotor, wo der Bass vor sich hin brodelte und das Soundgebilde mit seiner Schwere auf dem Boden hielt. Manchmal wurde das Knorzen und Knarren, Piepen und Fiepen, Wabern und Wummern, Brummen und Zirpen der Drachenflügel durch raumöffnende Flächen-Synthesizer unterstützt oder ersetzt. Dann schien es Wendo zuweilen, als könne er in diesen wenigen Takten, in diesen Klangmomenten durch die Zeit hindurch in andere Dimensionen sehen. Wenn die Musik ab und zu ganz aussetzte und nur die warmen Flächen-Synthesizer weiter schwangen, dann schloss Albers Wendo die Augen, blieb still stehen und in der Bewegungslosigkeit konnte er sich vollständig vom Klang vereinnahmen und ausfüllen lassen. Dann fühlte er sich ganz leicht und leer, selbstlos, Kopf und Körper vollständig vom Klang erfüllt, der ihn fliegen liess – bis die grosse Trommel wieder einsetzte, ihn mit den Füssen voran auf die Erde stellte und das grosse Stampfen der Bodenständigen von vorne losging.

Eine ganze Weile ging Wendo mit geschlossenen Augen im weiten Hall und den verschlungenen Delays dieser kraftvollen und schnellen Tanzmusik auf Reisen. Dabei war er ganz bei sich und ging gleichzeitig vollständig in der Musik auf. Wenn er die Augen wieder öffnete, konnte er die strahlenden Gesichter um ihn herum sehen, beglückt, hier und jetzt tanzen zu dürfen, zu dieser Musik, mit ihren gesunden, kräftigen Körpern, in dieser Gemeinschaft all der schönen, lächelnden Tänzerinnen und Tänzer, in der Atmosphäre dieses speziellen Ortes und dieses wundersamen Anlasses. Es erfüllte ihn mit Freude, in die Gemeinschaft der Tanzenden einzutauchen, sich mit ihnen zu vereinen, sich selbst zu vergessen, Zuflucht zu finden in der Menge

und in der Einheit der lachenden und tanzenden Gemeinschaft aufzu-
gehen bis zur Selbstlosigkeit. Das gänzlich ziel- und zukunftslose Jetzt.
Hier, mitten auf der Tanzfläche, inmitten dieser lachenden Gesichter
und tanzenden Menschen, war es zu finden und es war der freudigste
Zustand, den Albers Wendo je erfahren hatte.

Irgendwann setzte die Musik aus und kam nicht wieder. Wendo
sah, wie die Menschen um ihn herum in den Himmel zu schauen begannen, einige begannen zu singen. Wendo erkannte das Lied wieder,
es war das Lied von Selene, das sie bereits zuvor gemeinsam gesungen
hatten. Als Wendo seinen Blick ebenfalls gegen den Himmel hob,
konnte er sehen, wie der Mond mit seiner schmalen Sichel wieder
sichtbar geworden war, während der Rest des Mondes im Dunkel blieb.
«Etwa in einer Stunde wird der Mond wieder vollständig aus dem
Kernschatten getreten sein», sagte eine Stimme zu Wendos Linken
und er sah, dass Aylin an seine Seite getreten war. «Dann wird der Vollmond wieder in seiner ganzen Pracht leuchten und wir werden hier drei
Jahre auf den nächsten Blutmond, caput draconis, warten müssen.»

«Die caput draconis?», fragte Wendo. «Ich dachte, wir seien hier
an einer cauda draconis?»

Aylin lachte auf und blickte Wendo mit leicht spöttelnder Miene
an. «Also gut. Ich werde dich erhellen, bis alles sonnenklar sein wird.»
Sie setzten sich hin und Aylin begann zu erzählen. Albers Wendo er-
fuhr von ihr, dass die heute hier zusammengekommene Gemeinschaft
die Durchquerung des Mondes durch einen seiner zwei Knotenpunkte
feierte. Die Sonnenbahn, die von der Erde aus beobachtbar ist, kreiert
eine Ebene, die von den Astronomen die Ekliptik eines Planeten genannt wird. Alle Planeten der Milchstrasse liegen – von der Erde aus
gesehen – auf dieser Ebene und der Mond durchschneidet die Ekliptik
bei seinem Lauf um die Erde zwei Mal. Diese zwei Punkte nennen die

Astronomen Mondknoten. Schneidet der Mond die Ekliptik nun von unten nach oben, dann durchwandert er den aufsteigenden Knoten. Heute passierte er jedoch den gegenüberliegenden Knoten, welcher der absteigende Knoten genannt wird. In verschiedenen frühen Mythologien, etwa aus China oder Persien, verschlingt ein Himmelsdrache bei Finsternissen die Sonne oder eben den Mond – und spuckt sie anschliessend wieder aus. Daher nennt man die zwei Mondknoten auch Drachenpunkte: cauda draconis – Drachenschwanz – und caput draconis – Drachenkopf.

«Unter Selenes Licht, im dunklen Mantel der Nacht, findet jede Nacht Entwicklung statt», sagte Aylin. «Selene bewegt die Erde – und uns Menschen. Sie bringt uns die Traumzeit, in der wir Erkenntnisse für unser Leben im Tageslicht gewinnen; wir gewinnen Abstand zu den Herausforderungen des Lebens, wir können runterkühlen, uns ausruhen, in uns schauen und so neue Perspektiven und Ideen gewinnen.»

«Ich muss mal noch darüber schlafen», fiel es Wendo ein.

«Genau! Zum Zeitpunkt der cauda draconis erinnert Selene uns, die Grenzgänger zwischen Licht und Schatten, an die Wirkmacht des Vergehens, sie hilft uns dabei, Sachen gehen zu lassen. Zum Zeitpunkt der caput draconis erinnert sie uns wiederum an die Wirkmacht des Entstehens und hilft uns dabei, neue Dinge in unser Leben einzuführen: neue Haltungen und Ansichten, Trainings und Verhaltensweisen oder Projekte und Erfahrungen. Die immer wiederkehrenden Mondphasen zeigen uns zudem ständig bildhaft das Grundprinzip von Entwicklung: das Zusammenspiel von Entstehen und Vergehen. Die Regelmässigkeit des zunehmenden und abnehmenden Mondes erinnert uns nicht zuletzt daran, uns immer mal wieder zu aktualisieren, unsere momentanen Lebensumstände und unsere innerlichen Zustände zu überprüfen, um herauszufinden, ob wir im Tageslicht unsere

Schritte noch immer in die richtige Richtung lenken. Vielleicht sind die Dinge, die wir am Tag ansteuern, gar nicht mehr die richtigen für uns? Vielleicht sollten wir gewisse Dinge loslassen, um Platz für Neues zu schaffen?»

«Aber wie kann ich Gewissheit haben, dass die neuen Dinge, die ich angehen und einführen will, die richtigen sind?», entfuhr es Wendo.

«Dunkelheit schafft kein Wissen, die Nacht ist die Sphäre des Glaubens. Der Tag ist die Sphäre der Gewissheit, weil durch das Licht die Dinge überprüft, gesehen, erkannt werden können – auch Ideen und Intuitionen, die Selene dir geholfen hat nächtens ans Licht zu bringen.»

«Bezüglich Funktion der Sonne hat mich dein Mann auf dem Geröllfeld bereits erhellt», schmunzelte Wendo.

Aylin lachte: «Ja, mein Mann ist, nun ja, ein bisschen sonnenfixiert, zugegeben, er wird auch nie müde, mich spöttelnd darauf hinzuweisen, dass Selene von sich aus keine Leuchtkraft besitzt, da sie ja nur das Sonnenlicht reflektiert. Aber er ist sich der Wichtigkeit des Mondes für die Menschen durchaus bewusst. Die Drachenpunktfeste sind ihm inzwischen genauso heilig wie mir und all den anderen hier.»

Die letzten Worte Aylins gingen im Dröhnen der wieder startenden Musikanlage unter. Rund um Wendo und Aylin herum begannen die Menschen allmählich aufzustehen, sich zu strecken und ihre Körper langsam wieder zum Rhythmus der Musik zu bewegen. Wendo und Aylin dachten beide dasselbe, nickten sich zu und bahnten sich ihren Weg zurück in die Mitte der Tanzfläche, um weiter zu tanzen.

Irgendwann bekam Wendo Lust, alleine zu sein. Die laute Musik, der ganze Trubel, all die Informationen über Selene – er brauchte jetzt eine Auslegeordnung und begann flussabwärts, weg von der Gemeinschaft, zu schlendern. Allerdings nicht ohne zuvor seine Begleiter informiert zu haben, denn auch wenn er sich unter all diesen Leuten immer wohler und zugehöriger zu fühlen begann, so war er doch immer noch der Novize – und weiss Gott, welche Überraschungen dieser Anlass noch für ihn bereithielt. Als Albers Wendo alleine war, setzte er sich an den Fluss und blickte ins vorbeiziehende Wasser, von dem er zuvor gehofft hatte, dass es all seine fixen Vorstellungen, die er über sich selbst hatte, mitgenommen hatte. Zumindest vorübergehend, dachte sich Wendo, denn es war Albers Wendo durchaus bewusst, dass sich bereits in den ersten Minuten, nachdem er das Holzstück in den Fluss geworfen hatte, erste neue Auffassungen seiner selbst in ihm zu bilden begonnen haben mussten, deren er sich selbstverständlich noch gar nicht gewahr war, gewahr sein konnte. Es würden sich vermutlich sein Leben lang Vorstellungen seiner selbst in ihm bilden. Die wirkmächtigsten Überzeugungen hatten sich wohl in seiner Kindheit gebildet und bestimmten gegenwärtig – bewusst oder unbewusst – seine Entwicklungsoptionen. Diese ihm von seinen Eltern vermittelten Meinungen über seine Person, Ansichten über sein Wesen, ja wohl noch grundlegender gar die Vorstellungen darüber, was einen Menschen, was alle Menschen, im Kern überhaupt ausmachte – all diese Fremdeinflüsse dienten als Grundlage für sein Selbstbild. Diese Einflüsse, aber dann selbstverständlich auch all seine Lebenserfahrungen sowie all die anderen tausend Zufälligkeiten des Lebens formten schlussendlich die Vorstellungen, die er sich über sich selbst machte. Albers Wendo versuchte sich an sein frühestes Selbstbild zu erinnern. Nach einer Weile kam ihm in den Sinn, dass er bereits als kleiner Junge gerne seine Spielkameraden anleitete, das Spiel lenkte. Meist war er es, der die Rollen zuwies, vorschlug, wohin man ging, oder auch bei Streitigkeiten Lösungen aufzuzeigen versuchte. Leiten, lenken, führen. Da sah er sich schon früh. Auch später bei den Gebirgstouren mit seinen Kameraden aus dem Gymnasium blieb er dieser Rolle treu und wurde von seinen

Freunden darin auch akzeptiert. Die Menschen um ihn herum liessen sich gerne von ihm leiten. Doch war ihm der Beruf eines Bergführers dann später doch zu wenig. Warum eigentlich? Er wollte damals mehr Verantwortung – und wohl auch mehr Macht, stellte Wendo, über diesen Gedanken mittlerweile nicht mehr sonderlich erstaunt, fest. Das Idealbild seiner selbst fand er im Bild des Wirtschaftsführers eines grossen Unternehmens. Dieses Bild diente ihm seit dem Gymnasium als Motivation. Der Wirtschaftskapitän, der ein Unternehmen erfolgreich nach seinen Vorstellungen steuerte. Dazu war er geboren, davon war Wendo all die Jahre tief überzeugt gewesen. Darum wollte er bis an die Spitze, um dieses Idealbild zu verwirklichen, um es zu seinem Selbstbild zu machen. Aus diesem Grund war es ihm auch so wichtig gewesen, dass ihn die Medmeritum als wichtigen Wertschöpfungsfaktor erkannte, denn jeder Erfolg in seiner Funktion als Gebietsmanager war für ihn eine Bestätigung seines Selbstkonzeptes, eine Versicherung, dass sein Selbstbild auf dem richtigen Weg zum Idealbild war, und wenn er dereinst in die Geschäftsführung des Mutterkonzerns der Medmeritum AG befördert worden wäre, dann wäre sein Selbstbild auch durch ein Fremdbild bestätigt worden und damit hätte er die wohl höchste Anerkennung, die sicherste Bestätigung seines Selbstkonzeptes erlangt, die möglich gewesen wäre.

Wendo blickte in den Fluss vor ihm, was ihn aus seinen Gedanken riss. Es tat ihm gut, wieder im Jetzt anzukommen. Er erkannte, dass er seiner unmittelbaren Gegenwart in den letzten Jahren kaum Beachtung geschenkt hatte. Dabei hatte er wohl nicht nur die Kommentare und Ideen seiner Mitarbeitenden verpasst; Bergsteigen, Tanzen, Wandern – auch all diese Tätigkeiten, die einen im Moment aufgehen liessen, waren ihm in den vergangenen drei Jahren abhandengekommen. Er war zu fixiert gewesen auf sein Idealbild des grossen Wirtschaftsführers.

Dieses Bild hatte ihm den Ausblick auf den gerade vor ihm liegenden Moment, auf das tatsächliche und unmittelbar stattfindende Leben verstellt. Er hatte dem Ziel, Wirtschaftsführer zu werden, alles untergeordnet, hatte sich von ihm fremdbestimmen lassen. Er war im Schatten dieses Idealbildes gefangen gewesen. Dabei war der Schatten dieser Idealvorstellung länger und länger geworden, bis er schliesslich auch seine Seele vollständig verfinstert und Wendo darob seine Lebenslust beinahe verloren hatte. Damit er aus diesem Dunkel heraustreten konnte, hatte es diese Wanderung gebraucht. Erst durch diese Reise hatte Albers Wendo erkennen können, dass es ausserhalb dieses von ihm gezimmerten Selbstkonzeptes noch eine Welt zum Erleben, ein Leben zu leben gab. «Wir sind so viel mehr, als unsere Vorstellungen über uns selbst», schoss es Wendo durch den Kopf, und schlagartig war ihm klar, dass das Ziel der cauda draconis ihn gefunden hatte. Selene hatte ihn im Fadenkreuz gehabt und abgedrückt. Er hatte zum Ziel seiner eigenen Geschichte werden können, weil er seine Ziele aufgegeben hatte. Es war das Leben, das den Menschen Zeit und Ziele vorgab und nicht umgekehrt, und gerade war es an der Zeit, dieses Fest, Aylin und das Sonnenmännchen hinter sich zu lassen, um alleine weiter in die Nacht hinaus zu wandern, dem Fluss entlang flussabwärts. Bis er angekommen war.

VIERZEHN

Der Abschied von seinen Begleitern war kurz und herzlich vonstattengegangen. Als Wendo den beiden mitgeteilt hatte, dass er jetzt weitergehen müsse, hatten beide nur gelächelt und ihn in die Arme genommen. Als er ihnen gegenüber zum Ausdruck hatte bringen wollen, wie dankbar er für alles war, hatten sie nur abgewinkt. «Es war uns ein Vergnügen, lieber Albers», hatte das Sonnenmännchen gesagt, und Aylin hatte ihm eine grosse Flasche Wasser und etwas Wegzehrung gegeben. Danach war er ein letztes Mal durch die tanzende Menge gegangen, hatte ein letztes Mal diese kraftvolle Musik in sich aufgenommen, in der er sich zuvor verloren hatte. Er war zum Fluss hinunter gegangen und den Sandbänken gefolgt, bis diese ihn aus dem Felsenzylinder hinaus in eine mit Feldern und Wiesen bestückte Ebene führten.

Mit jedem Schritt, mit dem er sich von der Gemeinschaft entfernte, freute er sich, nun wieder für sich zu sein. Hier, auf der Ebene, spannte sich das nächtliche Himmelszelt mit seinen Gestirnen in seiner ganzen Grösse und Tiefe. Hier war die Raumidee als solche in seiner ganzen von der Welt aus erfahrbaren Majestät wahrnehmbar. Es funkelte, es glänzte, und der Vollmond erhellte die weite Ebene geisterhaft. Die Fülle des Nachthimmels, all die Himmelskörper, die dort oben in ständiger und dabei doch zumeist unsichtbarer Bewegung waren, beeindruckten Wendo. Ehrfurcht ob der Werkmeister des Universums begann in ihm aufzusteigen. Die Erde, über die er gerade ging, raste mit an die 30 Kilometern pro Sekunde um die Sonne – eine von gut 300 Milliarden Sonnen, die alleine unsere Galaxis, die Milchstrasse, zählte. Wendo hatte gelesen, dass Weltraumforscher die Zahl der beobachtbaren Galaxien aktuell auf mehrere Billionen Galaxien schätzten. Unvorstellbare Mengen, unauslotbare Tiefen und er – Albers Wendo, die Stecknadel im Sternhaufen – befand sich gerade mittendrin. In dieser erhabenen kosmischen Küche des Sternenglanzes, in der es ständig an allen Ecken und Enden brodelte, köchelte, Sterne aus Gasen entstanden, sterbend zu kaltem Eisen wurden, während ihr Licht noch Millionen und Milliarden von Jahren durchs Weltall reiste an Milliarden und Abermilliarden von Planeten, Nebeln, Molekülwolken, Asteroiden, Kometen, Meteoroiden und schwarzen Löchern vorbei.

Da oben ist ständig alles in Bewegung, dachte Wendo, so wie in mir drin auch. In meinen 30 Billionen Zellen, die sich selbst auch andauernd fortbewegen, werden laufend Stoffe umgewandelt und hergestellt, damit ich über diese rotierende Erde ziehen und des Nachts in die Weite des Universums sehen kann. «Alles fliesst, und nichts bleibt; es gibt nur ewiges Werden und Wandeln», so hatte der griechische Philosoph Platon die Flusslehre seines Berufskollegen Heraklit zusammengefasst. Wir sind inwendig sich laufend verändernde Systeme in einem sich auswendig laufend verändernden System, sinnierte Wendo vor sich hin, als er über die mondhelle Ebene schritt, auf der die Felder und Wiesen im kalten Silberlicht ruhten. Offene Systeme in offenen Systemen. Diese Freiheit der Systeme, diese Prozesshaftigkeit der Natur in alle Richtungen des Universums, gegen innen und aussen, in unauslotbare Tiefen des Alls – dies passte gut zur neuen Horizontweite seines eigenen Geistes, die ihm diese Wanderung eröffnet hatte, dachte Wendo. Er war sich sicher: Er war heute, auf dieser monderhellten Ebene, ein anderer Mensch als noch zwei Tage zuvor zu Beginn seiner Gratwanderung auf der Bergspitze. Es war ihm, als sei sein Geist aus einem Raum ohne Fenster ins Freie, in die Ursprungswelt, getreten und mustere jetzt – überwältigt von der Weite und Fülle um ihn herum – staunend die Umgebung. Es schien ihm, als hätte er mit dem Zurückkommen in die Gegenwart eine Methode gefunden, mit der er die stetige Uranfänglichkeit der Zeit immer wiederentdecken konnte. Der Fokus auf das Jetzt brachte ihn so nahe und so unmittelbar an all die Regungen und Bewegungen des Lebens, an all das Entstehen und Vergehen in ihm und um ihn herum, dass er das Gefühl hatte, mit der Zeit eins zu werden. In der Betrachtung des Augenblicks war er so direkt am Puls seiner Lebenszeit, wie er es noch nie in seinem Leben gewesen war. Und was hatte er nicht schon alles erlebt, auf dieser einst zielgerichteten Wanderung, auf der er, Stück für Stück, selbst zum Ziel geworden war, ins Visier genommen von Schicksalsmächten, die für ihn zu Lebzeiten unkenntlich bleiben würden! Und wie hatten ihn diese Erfahrungen doch verändert! Seit der Nacht auf dem Felsen hatte er kaum einen Gedanken an die Medmeritum AG gehabt. Der Quellgrund hatte hierzu offensichtlich nichts mehr zu quellen. Es interessierte ihn auch nicht mehr sonderlich, wohin ihn sein Weg führte – oder wie lange dieser noch andauern sollte. Schritt um Schritt gehen zu können, Perspektiven gerade bis zur nächsten Kurve oder endlos ins Universum – all dies genügte Albers Wendo völlig. Zu Beginn seiner Wanderung war es sein Ziel gewesen, am nächsten Tag in die Stadt zurückzukehren. Länger wollte er auf gar keinen Fall wegbleiben. Er hatte seinen Weg darum auch genau geplant, seine Übernachtung in der Herberge im Voraus gebucht. Doch mittlerweile konnte er – zu seiner eigenen Überraschung – sogar den Umstand, dass er in spätestens einer Woche, nach Ablauf seiner Ferien, wieder in den zweiten Stock in die Abteilungsleitung der Medmeritum AG zu gehen hatte, völlig ausblenden. Es interessierte ihn zurzeit überhaupt nicht. Die Gegenwart war zum alles bestimmenden Ziel geworden. Ja, das war nicht mehr derselbe Albers wie noch vor zwei Tagen, der hier mit festem Schritt und wachem offenem Geist über die mondbeleuchtete Ebene zog. Das war nicht mehr der Albers Wendo, der sich umso ruhiger fühlte, je mehr Stellen die Zahlen vor ihm auf den Bildschirmen anzeigten. Das war nicht mehr der Albers Wendo, der nur mit schönen, nach oben zeigenden Kurven die Konferenzräume und Büros derjenigen Menschen erhellen wollte, die ihn weiter nach oben bringen konnten. Wendo hatte unterdessen andere Erkenntnisse gewonnen. Aylin und das Sonnenmännchen hatten ihn auf die menschliche Fähigkeit des Loslassens und Neuausrichtens aufmerksam gemacht. Durch sie hatte er gelernt, dass er die Freiheit besass, seine Vorstellungen sowohl über andere als auch über sich selbst jederzeit gehen zu lassen – und neue zu implementieren. Zuvor, auf dem Felsen nach dem Sturz, hatte er gelernt, nicht mehr vor sich selbst wegzulaufen und sich seinen Gefühlen zu stellen. Wendo hatte dort erkannt, dass er gegen seine Gedanken und Gefühle nicht kämpfen und siegen musste. Er musste sie nur erkennen und akzeptieren. Er hatte die Angst in jener Nacht auf dem Felsen nicht besiegt. Er hatte sie angenommen. Das war sein Kampf, das Annehmenkönnen, und der Sieg war das Verschwinden, das endgültige Loslassenkönnen. Die Grundbedingung aber, der Boden für dieses Annehmenkönnen, war die nackte Wahrnehmung seines Geistes, seines Körpers und seiner Umwelt, deren er sich ständig wieder bewusst werden musste, weil sie so schnell von Sinnesreizen oder Gedanken überlagert wurde. «Wahrnehmung ist die Grundfunktion meines Geistes», überkam es Wendo. «Sie kann den Geist ausfüllen, ohne ihn mit Gedanken und Gefühlen aufzufüllen.» Albers Wendo war sich sicher: In seinem Innersten war er Wahrnehmung – und diese benötigte keine Ideen über seine Person oder das Leben selbst. Denn es war die Achtsamkeit und das Gewahrsein für seine unmittelbare gegenwärtige Innen- und Aussenwelt, die ihn immer wieder mitten in die Lebensfülle brachten, zurück zum jetzigsten Jetzt, zum Ticken des Sekundenzeigers seiner Lebenszeit, zum nächsten Herzschlag, zur Gegenwart, in die er auch beim Gehen mit jedem bewussten Schritt zurückkehren konnte. Werksinn, Werkheiligkeit und Werkstolz dieses unvorstellbar grossen, unergründlichen Universums über ihm und in ihm war dieser Moment des bewussten Erlebens, dieser Moment des Seins, für den es Milliarden von Jahren an Entwicklung, Evolution und Revolution, gebraucht hatte, damit er ihn jetzt, in dieser Form, geniessen konnte. Darum war jede Sekunde, jeder Atemzug so unglaublich wertvoll. Und wenn er seine Aufmerksamkeit vollständig auf das Wahrnehmen verlegte, dann konnte Albers Wendo die ganze Fülle und all den Reichtum wahrnehmen, die in jeder Sekunde und jedem noch so kleinen Ausschnitt seines Lebens vor und hinter seinen Sinnesorganen lagen.

Aufmerksame Wahrnehmung war seine Zuflucht, seine Grundkraft, sie öffnete ihm einen Kontrollraum, in dem er psychisch eigenmächtig wurde. Hier, in der unzerstreuten Bewusstheit fand er seine Einfriedung, kehrte er zurück in seine ureigenste Seelenruhe, die ihn niemals verlassen würde und zu der er jederzeit immer wieder Zuflucht nehmen konnte. Aus diesem inneren Frieden liess es sich gut beobachten, welche Gedanken aus dem Quellgrund seines Bewusstseins sprudelten, welche Gefühle in seiner Brust oder seinem Bauch entstanden, welche Geräusche, taktilen, welche gustatorischen Empfindungen oder visuellen Reize seine Sinnesorgane empfingen – und wie er auf diese reagieren wollte, welche Handlungen er in die Wege leiten wollte. Denn diese Einfriedung, diese Rückkehr zu innerer Ruhe und Frieden war ihm nicht genug. Auch das hatte er auf dieser Wanderung erkannt. Albers Wendo hatte Pläne und er wollte diese realisieren. Er hatte definitiv nicht die Gnade sitzenzubleiben, um sein Lebensbild von Anfang bis zum Schluss zu schauen. Er konnte das Leben nicht wie ein Berg zu sich kommen lassen. Albers Wendo war zu zielgerichteten Bewegungen verdammt. Er wollte den Raum erfahren: von Bildgebungen zu Raumerschliessungen zu Horizonterweiterungen. Urplötzlich wurde er von einer Lebenslust gepackt, die er so noch nicht gekannt hatte. Er blieb stehen und liess seinen Blick in einer 360-Grad-Drehung über die Ebene schweifen. Das gleissende Vollmondlicht gab ihm den Blick tief in die Nacht hinein frei. Bereits abgeerntete Felder lagen neben in voller Blüte stehenden Weizenfeldern. Ein alter, leerer Traktoranhänger wartete darauf, noch einmal beladen zu werden. Ein paar Meter neben dem Weg rauschte der Fluss, dem er seit der Nacht auf dem Felsen folgte. Der Vollmond warf einen breiten silbernen Streifen auf die Flusswellen, der sich vom einen Ufer ans andere erstreckte. Albers Wendo erkannte, wie gefangen er in den letzten drei Jahren, vielleicht sogar schon länger, in seinem Film gewesen war. Einem Film, dem er mit dem heutigen Wissen den Titel «Lift nach oben» geben würde. Albers Wendo wollte zwar auch jetzt noch immer nach oben, aber nicht mehr alleine. Er wollte in Seilschaften weiterkommen, in Gemeinschaften über sich hinauswachsen. Im Team gemeinsam neue, bessere Ideen finden und umsetzen, und er wollte noch ganz viele Sonnenmännchen und Aylins treffen, die ihm neue Horizonte eröffnen konnten. Wendo war fest davon überzeugt, dass er es gemeinsam mit anderen weiter bringen würde, dass er in der Gemeinschaft sicherer aufgehoben war und dass das Teilen von Freud und Leid mit anderen erfüllender war. Das Erlebnis auf der Tanzfläche hatte ihm gezeigt, wie erfüllend das Teilen einer unmittelbaren gemeinsamen Erfahrung sein konnte. In jenen Momenten, in denen er beim Tanzen das Gefühl hatte, als würden alle dasselbe fühlen, als würden sich alle exakt im Takt der Musik befinden, sich im Tanz zur Musik vereinigen und zu einem werden. Dieses Wir-Gefühl wollte er nicht mehr missen – sei es bei einem gemeinsamen Projekterfolg im Beruf oder zusammen mit Freunden in der Freizeit. Und mit letzteren wollte Wendo raus, wieder wie früher auf Berge steigen, um den Überblick zu kriegen, in Wäldern wandern, um sich geborgen zu fühlen. All diese Dinge brauchten Gedanken, brauchten Planung, brauchten Analysen, Ziele. Sie brauchten sowohl den wahrnehmenden als auch den denkenden Geist, um mit diesem erfolgreiche Handlungen vorzubereiten. Diese Bewusstseinsprozesse skizzierten seine zukünftige Geschichte. Sie machten seine Erzählung zukunftsfähig durch gedankliche Vorsorge in der

Gegenwart. Dabei war es unabdingbar – das hatte er in der Nacht auf dem Felsen gelernt – dass er auch unangenehme Gedanken und Gefühle wahr- und annahm. Begann er jedoch diese Ängste und Sorgen zu kultivieren, indem er sie sich in immer dunkleren Tönen ausmalte, indem er sie unbeaufsichtigt wuchern liess, dann wiederum wirkte sich seine Gedankenkraft negativ auf seine zukünftigen Ziele aus, weil sich auf diese Weise keine Strategien, Taktiken und Pläne entwerfen liessen. Bewirtschaftete er seine Sorgen und Ängste nicht lösungsorientiert, sondern problemorientiert, dann kostete ihn dies nur Energie, trübten sie seine Zuversicht und störten seine Zufriedenheit. Angst und Sorge zeigten ihm Gefahren an, gaben ihm Hinweise darauf, was ihm wichtig war. Doch musste er seine Gedankenkraft anschliessend dafür nutzen, um Sorge zu tragen – und nicht, um sich Sorgen zu machen. Er musste denkend Sorge tragen, zu sich selbst und seiner Zukunft, um keine Sorgen haben zu müssen. Dabei war es wichtig, dass er durch Entscheidungen den Gedankenprozessen Anfänge und Enden setzte. Seine Gedanken durften nicht zum Karussell werden, das sich – mit den immer gleichen Gedanken – nur um sich selbst drehte. Das Ziel seiner Gedankenarbeit musste darin bestehen, fertig zu denken und Punkte zu setzen, indem er Lösungen und Antworten fand oder selbst entwarf, die er anschliessend in der Realität umsetzen konnte. Wohl war es in diesem Prozess zuweilen auch besser, einfach mal einen Punkt zu machen, etwas anzuwenden, auszuprobieren, als zu viel darüber nachzudenken. «Das ist die hohe Kunst des Kreisschliessens», schoss es Wendo durch den Kopf. Das war echte Gedankenzucht, wahre Gedankenzähmung. Die Kunst, dem Denken durch Entscheidungen Enden zu setzen. Doch durfte er diese Enden erst setzen, wenn er auch seinem Herzen zugehört hatte. Albers Wendo durfte niemals wieder vergessen, dass Gefühl und Verstand, Herz und Hirn, Nachbarn auf derselben Etage eines Hauses waren, das er erst durch seinen Tod würde verlassen können.

FÜNFZEHN

Die Helligkeit hinter dem Horizont vor ihm fiel Albers Wendo als Erstes auf. Bald würde die Morgendämmerung sowohl die Tiefensicht ins Universum als auch die geisterhafte, unwirklich erscheinende Vollmond-Kulisse um ihn herum verdrängen. Die aufgehende Sonne würde die Sicht auf die Welt wieder freigeben, den Menschen die Realität vor Augen führen und ihnen ihr Tagwerk ermöglichen. Albers setzte sich auf eine Bank am Flussufer und bemerkte, wie ihm der Duft von Salzwasser in die Nase stieg. Dort hinten, wo die Ebene endete und es nach unten ging, musste das Meer beginnen. Wendo schloss die Augen. «Ich bin angekommen», sagte er leise zu sich und lächelte. Der Fluss hatte sein Ziel erreicht und Wendo wusste augenblicklich, dass dies auch das Ende seiner Wanderung sein würde.

Alles Leben kam aus dem Meer, vielleicht würde es irgendwann auch wieder dorthin verschwinden, und wie das Universum behielten auch die Meere bis heute ihre Geheimnisse für sich. Diese Tiefe, diese Dunkelheit, diese Unergründlichkeit – das gefiel Wendo. Lange war dieser Fluss, der sich bald im Salzwasser vor ihm verlieren würde, sein Begleiter gewesen. Nun würde er Abschied nehmen von ihm. Hier, an der Flussmündung, würde sich der Fluss wieder mit seinem Urgrund verbinden, und von diesem aus würde seine Reise irgendwann wieder von Neuem beginnen. Die Wolken würden ihn in alle Richtungen davontragen, und irgendwo würde er wieder zur Erde fallen und seine Reise von vorne beginnen. Wahrscheinlich in einem anderen Flussbett – als ein anderer Fluss, oberirdisch, unterirdisch, wer konnte das schon sagen. Wie der Fluss hatte auch Albers Wendo einen Kreis geschlossen. Das Ziel seiner Wanderung hatte ihn gefunden. Jetzt konnte er zurückkehren in die Stadt, in der er wohnte, in die Wohnung, die ihn beheimatete, und an den Arbeitsort, an dem er sein Geld verdiente.

Doch zuerst wollte er die Sonne aufgehen sehen. Er stand auf und schlug einen schnellen Schritt an. Er beeilte sich, die Klippen zu erreichen, die sich weiter vorne am Horizont abzeichneten. Nach einer Weile konnte er den Strand am Fusse der Klippen erkennen, und noch ein wenig später trennte sich sein Fussweg vom Fluss, der weiter vorne als grosser Wasserfall über die Klippen schoss, um anschliessend, wieder als ruhiger Fluss, sich durch die Dünen schlängelnd, dem dunkelgelbfarbenen Strand zuzulaufen. Wendo konnte den felsigen Klippenweg schnell hinter sich bringen, da es nun bereits hell war. Anschliessend durchquerte er die Dünen und setzte sich unweit der Brandung in den Sand. Jetzt war seine Wanderung zu Ende – und hier würde sein neues Leben beginnen. Davon war er fest überzeugt.

«Am Strand beginnt die Freiheit», dachte sich Wendo, als er zusah, wie die Sonne als kleiner oranger Punkt aus dem Wasser stieg und immer grösser wurde, um Wasser und Land unter ihr zu erleuchten, bis diese wieder vom Schattenreich der Erde erfasst werden würden, das seit Anbeginn der Zeit des Nachts seinen Mantel um die eine Hälfte des Globus legte. Ohne zu fragen, erbarmungslos und ohne Ausnahme, in unbeirrbarer, verlässlicher Regelmässigkeit. Derzeit waren aber noch keine Schatten in Sicht. Gegenwärtig war es an der Zeit für das Tagesgeschäft des Tageslichts, der hellen Seite des Tanzes zwischen Sonne, Erde und Mond. Dieses Tanzes, dieses gleichzeitigen Mit- und Gegeneinander von Licht und Schatten, das den bestimmendsten, stärksten Rhythmus für die Erde und ihre Bewohner erzeugte und dabei die älteste Geschichte erzählte, welcher dieser Planet je beigewohnt hatte. Die längste Erzählung, die aus dem dunkelsten Grund kam, den weitesten Horizont eröffnete und dabei vom hellsten Leben erzählte.

Sonne und Mond, Tag und Nacht, Leben und Tod – das Prinzip von Licht und Schatten: dunkel für hell und hell für dunkel.

Und hier, an der Tag-Nacht-Grenze, sass er, Albers Wendo, und durfte den Beginn eines neuen Tages miterleben. Wie viele Menschen würden wohl heute geboren werden? Wie viele sterben? Wie viele hatten sehnlichst auf diesen Tag gewartet? Und wie viele wollten nicht, dass er kam – oder würden ihn später noch verfluchen? Dies war sein Tag, sein Strand, seine Sonne, sein Morgen, sein Leben, sein Universum, das er sich von nun an mit jedem Atemzug anverwandeln würde. Den Reichtum der Erfahrung eines Moments, das Wertvollste, was das Leben zu bieten hatte, wollte er sich von nun an nicht mehr entgehen lassen. Vielleicht war die Gegenwart gar dieser letzte Horizont, nach dem er schon immer auf der Suche war.

Führungs- und bestimmungslos war er vor zwei Tagen auf die Bergspitze gekommen, so schien ihm. Leistungsmüde, ausgebrannt, orientierungslos. Mittlerweile wusste er warum. Es war nicht die kleine Kündigungswelle in seiner Abteilung, wie er damals vermutet hatte, die ihn so aus dem Takt hatte kommen lassen. Nein, es war die verloren gegangene Deutungshoheit über sein Leben, die Sinn- und Zweckhaftigkeit seines Tuns, die ihm abhandengekommen war. Er wusste nun, dass es seine längst überholten Vorstellungen seiner selbst gewesen waren, die ihm den Weg zum Reichtum des Lebens, zu den Möglichkeiten, die in ihm selbst und um ihn herum lagen und die sich jederzeit wieder ändern konnten, verstellt hatten. Er wusste nun, dass es ein Fehler gewesen war, dass er seine gesamte Lebenszeit einem Ziel, einer Vorstellung von sich selbst gewidmet hatte, dass er es dem Selbstkonzept des grossen Wirtschaftsführers erlaubt hatte, seine Geschichte zu schreiben. Dabei hatte er für sein Unternehmen zwar ohne Zweifel Wert geschöpft, doch dabei auch den Wert seines eigenen Lebens geschröpft. Denn der wahre Reichtum des Lebens lag in der Erfahrung des gegenwärtigen Augenblicks, den es möglichst zielunverstellt zu erfahren galt. Auf dieser Reise hatte er zurück in diese Gegenwart gefunden, hatte er die Zufriedenheit, die aus der Genügsamkeit mit dem Gegebenen besteht, gekostet und dies erst hatte es ihm ermöglicht, die Stimme seines Herzens zu hören, zu erkennen, was er wirklich tun wollte, tun musste: Er würde seine Eltern besuchen, er würde mit seinem Vater in der Garage basteln, wieder mit dem Bergsteigen beginnen, zusammen mit alten Freunden. Wendo wusste nach dieser Wanderung, dass er so viel mehr war als nur ein Vertriebsleiter auf der Karriereleiter. Er hatte einen sinnvollen Beruf, der den Menschen dabei half zu erkennen, wo sie warum krank waren. Dies wollte er jetzt mehr denn je tun. Er wollte all den kranken Menschen dabei helfen, sich ein Bild ihres Leidens machen zu können, damit sie sich dann den Raum zur Gesundung erschliessen konnten, um anschliessend – genesend – einen neuen Horizont zu gewinnen, der über ihre Krankheit hinausreichte. Dafür würde er ein neues Team zusammenstellen und auch mit diesem in die Berge gehen, um sich kennenzulernen, um hernach ein richtiges Team schmieden zu können. Ein Team, dem er Verantwortung abgeben konnte, Verantwortung abgeben wollte, dem er vertrauen wollte, denn Vertrauen war eine Entscheidung und kein Gefühl. Das wusste er mittlerweile. Auch das hatte er auf dieser Wanderung gelernt. Er wollte ein Team, in dem alle ihre Stärken einbringen und ihre Schwächen ausgleichen konnten. Ein Team, das zusammenwuchs und dann zusammen wuchs, bis es mehr war, als bloss die Summe seiner Teile. Es lag eine solche Kraft in einer Gemeinschaft, diese wollte er als Leiter befördern, freilegen, ermöglichen. Ob er dabei einen Schritt auf der Karriereleiter machen würde oder nicht – das war Wendo inzwischen egal, und je mehr er darüber nachdachte, verwunderte es ihn, wie ihn dieses Streben, dieser Eifer nach Erfolg, Aufstieg und Macht so lange die Sicht hatte vernebeln können. Was war es nur, das damals diesen Wunsch, dieses Streben, dem er so viele Jahre seiner Lebenszeit geschenkt hatte, ausgelöst hatte? Albers Wendo wusste inzwischen, warum dieses Streben ihn so lange im Griff gehalten hatte, es war die Bestätigung der Vorstellung von sich selbst als Wirtschaftsführer gewesen, die dies von ihm verlangt hatte. Aber warum war diese trügerische Ich-Idee überhaupt in sein Leben gekommen? Darauf hatte er noch keine Antwort. Vielleicht brauchten alle Menschen eine Konzeption ihrer selbst? Ein Selbstverständnis ihrer Person, ihres Wesens, damit sie all die offenen Fragen des Lebens ertragen konnten? Vielleicht mussten die Menschen sich selbst in Form eines Selbstbildes eine Antwort geben, zu einer Antwort werden, und je mehr ihre Mitmenschen sie in dieser Vorstellung bestätigten, umso besser, umso selbstsicherer fühlten sie sich? Albers Wendo wusste es nicht. Was er allerdings unterdessen sicher wusste, war, dass er viel mehr war als ein Wirtschaftsführer und dass er in der nächsten Zeit seine Position in der Medmeritum AG trotzdem nicht wechseln wollte. Er wollte jetzt ein Team aufbauen. Eine Seilschaft, in der sich alle auf den anderen verlassen konnten, die eingespielt war und mit der man in ungeahnte Höhen aufsteigen konnte.

Während Wendo in die Wellen schaute und sich seine Gedanken machte, war die Sonne bereits hoch gestiegen. Es war heiss geworden. Wendo zog seine Jacke aus und seinen Sonnenhut an, er nahm einen grossen Schluck aus der Wasserflasche, die Aylin ihm mitgegeben hatte. Was die zwei derzeit wohl trieben? Er war ihnen so dankbar, und wie es gekommen war, dass diese zwei gerade auf dieser Wanderung in sein Leben getreten waren, das schien ihm ein kleines Wunder zu sein. Er nahm sich fest vor, von nun an jeden Morgen die Sonne zu begrüssen. Zu Ehren des Sonnenmännchens. Er wollte seine Tage von nun an mit der Sonne beginnen – und zu Vollmond wollte er eine Kerze anzünden, zu Ehren Aylins. Vielleicht könnte er sich ja auch ein eigenes Ritual zu den Mondknoten einrichten, um sich bei der cauda draconis zu fragen, was er loslassen konnte – und bei dem caput draconis, was er neu einführen wollte. Denn die stetige Veränderung, die einzige Konstante seiner Existenz, war ein Segen, der auch vor seinen Vorstellungen über sich selbst nicht Halt machen sollte. Die Flüchtigkeit des Seins war die Voraussetzung, dass Leben aufblühen konnte. Das Gedeihen war das Ziel allen Lebens und sein persönliches Blühen war die Ernte einer erfolgreichen Saat seiner Achtsamkeit auf die Gegenwart. Jetzt wusste er, wie er seine Geschichte weiterschreiben musste. Albers Wendo stand auf, nahm einen Stock und schrieb mit grossen Buchstaben in den Sand: «Das Ziel ist die Gegenwart.» Glücksgehärtet setzte er sich in den Schatten eines Felsens und schaute zu, wie die Wellen seine Inschrift langsam davontrugen. Wenn er dem gegenwärtigen Dasein seine ungeteilte Aufmerksamkeit zukommen liess, dann beschenkte ihn das Leben mit seinem ganzen Reichtum, dann öffnete sich ihm der Moment wie eine Blüte: all die Geräusche, all die Düfte, den Wind auf der Haut, den Sand unter seinen Füssens. Und wenn er in der Achtsamkeit für den Moment blieb, seine Augen schloss und seinen Fokus nach innen richtete, dann wurde er ganz still, dann erfüllte ihn diese ureigene Ruhe des Bewusstseins, dann fand seine Seele zur Ruhe, zum inneren Frieden. Hier, in der Seelenzeit, war es still genug, damit er die Geschichte seines Herzens hören konnte. Dann konnte er verstehen, was sein Herz ihm zu sagen hatte und ob es nicht vielleicht Zeit war für einen Kurswechsel, weil seine ursprünglichen Pläne ihn nicht mehr weiterbrachten. Weil das Leben selbst seine Vorstellungen überholt hatte, weil er seinen Selbstbildern entwachsen, aus den Ideen, die er für sein Leben hatte, herausgewachsen war und sie ihm nicht mehr dienten, weil sie ihn nicht mehr glücklich machten. Er musste seinem Herzen gut zuhören, damit er verstehen konnte, wann die Zeit gekommen war, um loszulassen.

Jetzt spürte Wendo, wie müde er war. Er formte aus seiner Windjacke und seinem Pullover ein Kissen, legte sich in den kühlenden Schatten des Felsens und schloss die Augen. Er hörte noch eine Weile dem Rauschen der Wellen zu, und dann, als er bereits wegzudämmern begann, hörte er, wie der Rabe unmittelbar in seiner Nähe einmal laut krächzte.

ENDE